獨弦琴

詩人的抒情聲音

翟月琴——著

【序一】新詩與聲音

楊揚

　　中國古典詩講究聲韻平仄，在詩學理論上，清楚明白，讓人記得住，用得上。而現代新詩在理論上破除了傳統聲韻格律的限制，主張話怎麼說，詩就怎麼做，從白話詩到自由詩，從現代格律詩到三十年代的現代詩和戰時大學校園詩歌，有關聲音與現代新詩問題的一波又一波的探討，似乎始終沒有一個理想的解決方案。那麼，什麼是現代新詩中的「聲音」呢？

　　聲音問題在現代新詩發展過程中，沒有產生像古典詩歌聲韻格律這樣明確的規範，但也不是沒有自己的探索。它是隨著新詩審美形態的不斷變化而形成自己的關注焦點。胡適的白話詩歌理論，突現的是五四時期那種沖絕一切、放手一搏的自由解放精神。傳統意義上的「聲音」，也就是聲韻格律，在那時是被視作束縛手腳的鐐銬。隨之而起的「聲音」主流，是郭沫若筆下的狂飆體自由詩的情感節奏；和周作人等宣導的委婉含蓄、意蘊悠遠的「小詩」。至於聞一多、徐志摩等海歸派的現代格律，強調新詩中的國粹精華，體現了現代新詩的傳統回歸。之後，滬上現代詩的崛起，再一次新潮

湧動，以強烈的都市氣息，唱響詩壇。抗日的戰火，帶給詩歌的，
是東西南北、混雜而有力的共鳴，像街頭朗誦詩、西北的信天遊、
西南聯大的校園詩歌等，都洋溢著強烈而旺盛的生命力。詩歌中的
聲音不再是線性的單數，而是民族多元文化的匯通。新中國成立，
新詩的天空盤旋著勝利者的讚美旋律，新民謠和賽詩會此起彼伏，
排山倒海的群眾性詩歌運動構成了詩壇奇觀。七十年代散布於四處
的星星點點的地下詩人們，以有別於群眾性吟誦的方式，重啟詩歌
之路。但個人的憂鬱而含混的傾述，與時代憂患意識的聯結，讓很
多人在詩的朦朧中想像著廣場、紀念碑。此後，漢語新詩的聲音探
討別開生面地與搖滾時聚時離，藉助音樂的力量前行。

　　一般而言，朦朧詩之前的新詩聲音軌跡，在詩學理論中有比較
清晰的描述，而此後就顯得比較含混和個人化。這一方面是詩歌本
身有很多改變；另一方面也是市場經濟結束了詩的抒情時代。但詩
與詩學理論並沒有就此終結，詩歌還在，詩歌與聲音的關係等理論
問題還在。作為一個關注當下詩歌以及詩學理論的研究者，翟月琴
對新詩以及詩學問題有自己的思考。她的思考最重要的兩個支柱，
一是參與詩歌活動所獲得的感性經驗；二是系統化的學術訓練。從
研究生時期到今天，她始終積極參與詩歌活動，傾聽詩人們的意見
和建議，使她對當代詩歌的探索軌跡有一種自己的理解。在她以往
發表的諸多有關新詩創作的評論中，浮現於她閱讀視野的詩歌作品
以及重要詩人的訪談，呈現著研究者鮮明的個人體驗和理論傾向。

她似乎有意識地要將上世紀八十年代之後的漢語新詩的探索軌跡，繼續延長出來，將她熟悉和喜愛的詩人作品推薦給大家。如她對楊牧、陳黎、張棗、陳東東、藍藍作品的評介，非常觸目地將這些詩人的詩作安放在詩歌發展長廊中，希望引發研究者的關注、研究。與此同時，翟月琴試圖從詩歌發展的脈絡來思考新詩發展的核心問題，也就是聲音在現代新詩中的價值與作用。尤其是藉助當下詩人詩作對「聲音」的不同理解和表現，展示「聲音」在新詩中的豐富性和重要價值。

　　翟月琴的這些新詩研究和評論，受到國內同行的好評，一些重要的文學評論刊物和研討活動，也常有她文章和活動蹤影，這些都是她長期努力取得的成績。現在她的詩歌評論彙編出版，無論如何，這都是一件好事。我願意推薦給大家，是為序。

2018年元月於滬上

【序二】

奚密

　　中國文學的抒情傳統是近年來海內外學術界的一個熱門話題，對此傳統的梳理自有其意義，提出的若干見地也很有價值。但是在此同時，某些前提卻誇大了中國和西方之間的差異，彷彿抒情是中國文學的核心，卻並非西方文學所長。其實，西方文學又何嘗不擁有悠久輝煌的抒情傳統呢？古希臘詩人如莎弗（Sappho）是公認的世界文學經典，即便是希臘史詩，也不能簡單的以敘事詩來定義它。讓我們以西方最古老的史詩——荷馬的《伊利亞德》（The Iliad）——為例，別忘了詩的第一行就明講，它詠歌的主題既不是特洛伊戰爭，也非神人之紛擾，而是希臘聯軍第一勇士阿吉裡斯因痛失摯友「一怒而動天下」（the wrath of Achilles）。整首詩寫情——友情、親情、愛情、同袍之情——催人淚下。

　　回溯西方文學的源頭，「抒情詩」（lyric）一詞來自希臘文的七弦琴（lyre）。希臘神話裡，奧費爾斯（Orpheus）是最偉大的詩人、歌者（現代考證認為確有其人）。他手握七弦琴，歌聲讓鳥獸草木都為之動容，甚至感動了閻羅王，讓他從陰間將亡妻帶回人世

（雖然最後他忍不住回頭而永遠失去了她）。

反觀中國傳統亦如是。《詩經》是遠古的歌謠，《楚辭》是楚地的歌詞，古詩宋詞元曲都有配樂。詩與歌合一本是古代普世的現象，直到今天我們仍說「詩歌」。甚至放眼現代詩百年史，雖然詩與歌正式分家了，但是兩者的結合並未停止，且屢見佳作。從五四時期胡適的《希望》（歌名改為《蘭花草》）、徐志摩的《偶然》、劉半農的《叫我如何不想他》，到當代余光中的《鄉愁四韻》、鄭愁予的《錯誤》、木心的《從前慢》等等，都透過旋律而相得益彰，膾炙人口。

然而，總體來說，現代詩也隱含了一個悖論，代表了一個挑戰：在脫離了音樂之後，詩如何透過聲音來抒情？換言之，詩如何結合文字和它所承載的聲音——而不是外加的旋律——來表達意義，強化藝術效果？翟月琴教授的新書針對這個問題提出獨到深刻的見解。她對「聲音」的定義既簡單扼要，又通透完備：

這裡的聲音，指的是語音表達（音韻、聲調）、辭章結構（停頓、分行）、語法特點（構詞、句式）、語調生成（語氣、姿態）等形式的合體。

聲音在詩裡的作用是多元、多層次的。它跟文字之間的有機互動，既無所不在又隱而不顯。透過作者敏銳的觀察和細膩的分析，我們對五位重要的現代詩人有了新的理解。更重要的是，此書建構了一套關於聲音的理論性論述，開闊了現代詩研究的角度。在閱讀

翟月琴的「聲音詩學」的同時，我們聽到了她清晰明朗，獨一無二
的聲音。

2018年2月6日寫於美國加州戴維斯

【推薦語】

　　現代詩的研究者寥寥，缺乏典範可循。而聲音問題，又是百年爭論不休的重要詩學議題。翟月琴能圍繞音隨義轉、聲依情動，結合宏闊的時代境遇、具體的詩人個性，深入文本細部逐行逐詞解讀，可見對現代漢詩理論與實踐狀況的整體把握。她不拘理論格套、不借抽象概念而追尋心的體驗與美的感受，故而論述由淺及深、由隱而顯，以此呼應古典詩歌批評，是值得推薦的青年詩歌批評者。

　　　　　　　　　　　　　　——復旦大學中文系郜元寶教授

　　本書以楊牧、陳黎、張棗、陳東東、藍藍的現代詩為個案研究的對象，研討現代漢詩的抒情聲音這個重大學術課題。作者對海峽兩岸的文學史脈絡比較熟悉，廣泛參考學術界的研究成果，體現出嚴謹扎實的學風。此書之文本分析，精緻綿密，兼采合適的理論論述，深入剖析了這批詩人的生命史和藝術歷程，也涉及中西詩學的若干重要面向。翟月琴博士是中國大陸學術界的青年才俊，此書之出版，必將裨益於現代漢詩的批評研究。

　　　　　　　　　　　　——新加坡南洋理工大學中文系張松建教授

目次

導言：二十世紀八〇年代以來漢語新詩創作的聲音轉向

詩既用語言，就不能不保留語言的
特性，就不能離開意義而去專講聲音。

——朱光潛：《詩論》

在音樂與詩歌之間有一個本質
的區別。在音樂中，同步是永恆的：
組合旋律、賦格曲、和聲。詩歌是語
言構成的：含義構成的聲音。

——奧克塔維奧·帕斯：《批評的激情》

　　早在一九八九年，胡興就指出「第三代」詩人區別於朦朧詩的「無調性」[1]創作特徵。直到二〇〇八年，張桃洲又特別提出，「二十世紀前半葉新詩在聲音方面的興趣，大多偏於語言的聲響、音韻的一面，而較少深究集結在聲音內部的豐富含義。進入當代特別是二十世紀八〇年代以後，聲音的複雜性引起了程度不一的關注，聲音成為辨別詩人的另一『性徵』」[2]。可見，一九八〇年代以來漢語新詩創作的聲音問題，已成為當下詩學研究的重要論題。聲音一詞在《漢語大詞典》中被解釋為「古指音樂，詩歌」[3]。在通常情況下，聲音都被理解為「與音樂有關」的聲音，即音樂性。本文以聲音替代音樂或者音樂性的表述，原因就在於音樂本身並不是詩歌，「詩是一種音樂，也是一種語言。音樂只有純形式的節奏，沒有語言的節奏，詩則兼而有之，這個分別最重要」[4]。而採用聲音一詞，則避免了音樂在詩歌中的局限性，充分融合了二者的共性，正如黑格爾所說：「音樂和詩有最密切的聯繫，因為它們都

---

[1]　胡興：《聲音的發現——論一種新的詩歌傾向》，《山花》，1989年第5期，第70頁。

[2]　張桃洲：《論西渡與中國當代詩歌的聲音問題》，《藝術廣角》，2008年第2期，第48頁。

[3]　羅竹風：《漢語大詞典》第8卷，上海：漢語大詞典出版社，1991年版，第689頁。

[4]　朱光潛：《詩論》，上海：上海古籍出版社，2005年版，第97頁。

用同一種感性材料，即聲音」[5]。當然，一九八〇年代以來的漢語新詩，不可避免地繼承了朦朧詩所樹立的傳統。但同時，詩人們又雄心勃勃，不甘於墨守成規，渴望開闢新的天地。由此，已變身為詩壇主流的朦朧詩美學風格便自然而然成為他們反思、反抗甚至是超越的對象。這在極大程度上引領了新的美學風向，並推進了一九八〇年代以來漢語新詩創作實踐的聲音轉型，即從集體的聲音過渡到個人化的聲音、從意象中心到聲音中心的實驗以及聲詩從「運動」走向「活動」。

---

[5]　[德]黑格爾：《美學》第三卷，朱光潛譯，北京：商務印書館，1979年版，第340頁。

一 從集體的聲音過渡到個人化的聲音

就本文所討論的一九八〇年代以來的漢語新詩而言，與之最具親緣關係的就是朦朧詩。雖然朦朧詩試圖走出二十世紀五、六十年代政治抒情詩的藩籬，抒情主體從大我轉向了小我。但朦朧詩大多誕生於壓抑、苦悶的政治環境中，體現出經歷過十年浩劫的詩人們對自我命運的焦灼和懷疑，在特定的歷史時期很快又上升為一種集體化的全民族危機感，折射出一個時代集體性的精神烙印。在這樣的歷史環境中，無論是北島《回答》的懷疑句式「告訴你吧──世界／我不相信！」[6]，多多《密周》的暴戾語調「面對著打著旗子經過的隊伍／我們是寫在一起的示威標語」[7]，還是舒婷《祖國呵，我親愛的祖國》的讚美歌調「我是貧困，／我是悲哀。／我是你祖祖輩輩／痛苦的希望呵」[8]，儘管他們聲嘶力竭地呼喚著自我，卻很難掙脫政治意識形態這一主旋律的束縛。這些作品以集體認可的語言渲染情感，形成一種主流的語言表達形式，最為突出的

---

[6] 北島：《回答》，《北島詩歌集》，海口：南海出版公司，2003年版，第7頁。

[7] 多多：《密周》，《多多詩選》，廣州：花城出版社，2005年版，第8頁。

[8] 舒婷：《祖國呵，我親愛的祖國》，《舒婷的詩》，北京：人民文學出版社，1994年版，第41頁。

就是慣用主謂語句式「我是……」、「我們是……」，同時，感歎
詞「啊」、「呵」和排比句式，更是頻繁出現。總之，從整體的創
作特點來看，朦朧詩依託於集體認同的語言，在語音、語調、辭章
結構和語法等方面，立足於「從一個英雄的聲音開始」[9]，呈現出
一個時代共有的集體化聲音特徵。

　　創作於一九八○年代以來的漢語詩歌，在創作環境上顯得相對
寬鬆、自由。在一九八○年代初期，走出文化廢墟的詩人們，將個
人命運與政治意識形態的關係轉移為個人存在與他們對文化傳統的
反思。其中，文化尋根詩逐漸走出政治意識形態的羈絆，在自我的
情感表達上顯得相對約束，如王光明所述：「一九八○年是一個起
點，首先是從對感情的沉溺過渡到情感的自我約束，然後是從當代
生存環境的審度過渡到整個文化生態的反思。」[10]但文化尋根詩的
史詩性創作，仍然帶有集體性的聲音特點，因為詩人們跳脫出政治
意識形態，但又陷入對傳統文化的反思，渴望通過詩歌回到歷史文
化的根脈，在詩歌作品與歷史文化的互動關係中，重新建立在「文
革」時代被搗毀的文化價值體系。在此基礎上，文化尋根詩追求的
是巨集闊的詩歌結構，以長詩、組詩為主要表現形式，江河的《太

---

[9]　柏樺：《左邊：毛澤東時代的抒情詩人》，南京：江蘇文藝出版社，2009
　　年版，第51頁。
[10]　王光明：《現代漢詩的百年演變》，石家莊：河北人民出版社，2003年
　　版，第540頁。

陽和他的反光》，楊煉的《諾日朗》，宋渠、宋煒的《大佛》，廖亦武《樂土》和《大盆地》，歐陽江河的《懸棺》等，成為文化尋根詩的重要代表作品。其中，廖亦武的組詩《樂土》高歌著「太陽啊，你高唱。曲調豁開遠海的肚子／崛起的新地象紫色的肉瘤，密布血脈／那些未來之根／／水夫們向天空伸出八十一隻手臂／他們的血裡滲透著太陽的毒素，最莊嚴的深淵／在他們心裡／他們因此被賦予主宰自然的權力」[11]，江河的組詩《太陽和他的反光》深沉地講述著「他發覺太陽很軟，軟得發疼／可以摸一下了，他老了／手指抖得和陽光一樣／可以離開了，隨意把手杖扔向天邊／有人在春天的草上拾到一根柴禾／抬起頭來，漫山遍野滾動著桃子」[12]，上述詩作通過組詩的方式或者追求悠長、綿密的句式，或者推崇高亢而深遠的音調，往往帶給人開闊、亙古、雄渾或者具有爆發力的情感體驗。

　　如果我們把視線游離開，也關注一下在大陸詩壇漸漸淡出的朦朧詩人們，就不難發現，朦朧詩時代所呈現的集體化聲音的確已一去不復返。一九八五年以後，朦朧詩人紛紛轉型，詩人北島（1949-）、多多（1951-）、嚴力（1954-）、楊煉（1955-）、顧城

[11] 廖亦武：《歌謠》，溪萍編：《第三代詩人探索詩選》，北京：中國文聯出版公司，1988年版，第184頁。
[12] 江河：《追日》，《太陽和他的反光》，北京：人民文學出版社，1987年版，第9頁。

（1956-1993）等相繼離開故土，退出朦朧詩的大潮，「作為詩人，北島們至今仍在作著詩的深入和轉化的努力，繼續著詩的實驗性抒寫，即他們自己也已經紛紛走出了『朦朧』詩時代」[13]。昔日的朦朧詩人們與政治意識形態的關係相對疏離，他們遠離激昂而悲壯的情感基調，懷揣著出走和返鄉的心緒尋找新的創作空間。多多《依舊是》中「走在詞間，麥田間，走在／減價的皮鞋間，走到詞／望到家鄉的時刻，而依舊是」[14]，回環往復的音韻環繞著詩人回鄉的願景。北島《寫作》中「鑽石雨／正在無情地剖開／這玻璃的世界／／打開水閘，打開／刺在男人手臂上的／女人的嘴巴／／打開那本書／詞已磨損，廢墟／有著帝國的完整」[15]，知性的短句流露出詩人對語言，尤其是母語的思考。楊煉《大海停止之處》中，「返回一個界限像無限／返回一座懸崖四周風暴的頭顱／你的管風琴註定在你死後／繼續演奏肉裡深藏的腐爛的音樂」[16]，以交響樂奏響出漂泊的心理。這些詩作都逐漸走出政治反叛的主旋律，並脫離集

---

[13] 李振聲：《季節輪換：「第三代」詩敘論》，上海：復旦大學出版社，2008年版，第2頁。

[14] 多多：《依舊是》，《多多詩選》，廣州：花城出版社，2005年版，第202頁。

[15] 北島：《寫作》，《北島詩歌集》，海口：南海出版公司，2003年版，第120頁。

[16] 楊煉：《大海停止之處》，《大海停止之處：楊煉作品1982-1997詩歌卷》，上海：上海文藝出版社，1998年版，第511頁。

體化的聲音表達方式，而是從語言層面帶給讀者多元而全新的聲音體驗。

　　一九九〇年代以來的漢語詩歌，在整體上走出政治詩和文化詩的創作思潮，呈現出擺脫集體化的創作特徵，而更強調個體的感受力和想像力，「突出了個人獨立的聲音、語感、風格和個人間的話語差異。它是對新詩、尤其是『十七年』以後的意識形態寫作和八〇年代包括政治詩、文化詩、哲學詩在內的集體性寫作做定向反撥的結果」[17]。周瓚提出「個人的聲音」，她認為，『個人的聲音』是詩歌獨特的聲音顯現，可以說，每一個詩人的成功必依賴於此種『個體聲音』的特異」[18]。這其中，最為醒目的詩歌創作思潮當屬女性詩歌，她們秉承一九八〇年代建立起的女性意識，開拓出一種別樣的創作風景。早在一九八〇年代就大放異彩的女性詩人伊蕾（1951- ）、翟永明（1955- ）、王小妮（1955- ）、陸憶敏（1962- ）、唐亞平（1962- ）、張真（1962- ）、虹影（1962- ）、藍

---

[17] 羅振亞：《「個人化寫作」：通往‘此在’的詩學》，《中國文學研究》，2004年第1期，第23頁。1990年代以來，「個人化寫作」這一詩學命題，備受學界關注。筆者在這裡借用羅振亞的界定，從總體的創作傾向來看，指的是走出政治詩、文化詩、哲思詩的集體性寫作而注重個人獨特感受力和想像力的漢語新詩。當然，這種時間上的劃定並不是絕對的，每位元詩人的情況又各有不同，筆者只是將這一階段擱置於當代漢語新詩脈絡中，觀照其整體上的詩學轉向。

[18] 周瓚：《透過詩歌寫作的潛望鏡》，北京：社會科學文獻出版社，2007年版，第213頁。

藍（1967- ）、路也（1969- ）等，背離男性話語權力中心，注重女性獨特的情感經驗，在私人化的心理空間中呈現出多樣化的語音、語調、辭章結構和語法。翟永明的《靜安莊》「分娩的聲音突然提高」[19]，伊蕾的《獨身女人的臥室》「我是這浴室名副其實的顧客／顧影自憐——／四肢很長，身材窈窕」[20]等，嘶喊出女性愛欲書寫時尖銳、刺耳的語音特質。新世紀以來，王小妮的《影子和破壞力》「正急促地踩踏另一個自己／一步步挺進，一步步消滅」[21]，鄭曉瓊的《碇子》「在細小的針孔停佇，閃爍著明亮的疼痛」[22]等作品，都體現出女性詩歌邁向公共性書寫的傾向，強調詩人對社會現實的獨特理解，詩歌的跨行、停頓、標點符號顯露出女性所發出的震顫的力量。

從上述列舉中能夠看出，漢語詩人逐漸走出意識形態的牢籠，並由朦朧詩的政治反叛詩，文化尋根詩的長詩、組詩過渡到個人化的聲音，跳脫出集體的聲音特點，而更注重個人化的聲音。在他們

---

[19] 翟永明：《靜安莊》，萬夏、瀟瀟主編：《後朦朧詩全集》，成都：四川教育出版社，1993年版，第305頁。

[20] 伊蕾：《獨身女人的臥室》，《獨身女人的臥室》，長春：時代文藝出版社，1996年版，第562頁。

[21] 王小妮：《影子與破壞力》，宗仁發選編：《2010中國最佳詩歌》，瀋陽：遼寧人民出版社，2011年版，第45頁。

[22] 鄭小瓊：《碇子》，《散落在機臺上的詩》，北京：中國社會出版社，2009年版，第66頁。

看來，「在一首詩中，聲音往往是一個決定性的因素，它或者使一首詩連結成一個不可分割的整體，或者使一首詩全盤渙散。事實上，聲音問題也牽涉詩人的個性。獨特的聲音即是一個詩人的個性的內核」[23]。當然，個人與集體的聲音是相對的，同時，藝術也是不斷地突破固有的社會秩序和傳統規範而尋求個性的過程。在這個過程中，一九八〇年代以來，湧現出大量具有代表性的詩人，比如于堅（1954-）、顧城、柏樺（1956-）、陳東東（1961-）、張棗（1962-）、西川（1963-）、海子（1964-1989）、臧棣（1964-）、藍藍等，他們採用更為自由、多樣化的語音、語調、辭章結構和語法，充分挖掘個人的情感特徵。正如楊克所說，「詩歌聲音拒絕合唱；它是獨立的、自由的，帶有個人的聲音特質」[24]，詩人不再追求集體化的聲音，而是牢牢地抓住停頓、跨行、標點、韻腳、語詞，傳達出屬於個人的聲音特質。

二 從意象中心到聲音中心的實驗

　　朦朧詩從「地下」走向「地上」，其內容晦澀難懂、意象怪

---

[23] 西渡：《詩歌中的聲音問題》，《淮北煤炭師範學院學報》（哲學社會科學版），2000年第1期，第4頁。
[24] 楊克：《詩歌的聲音》，楊克：《廣西當代作家叢書·楊克卷》，桂林：灕江出版社，2004年版，第35頁。

誕，同時又充斥著大量的隱喻、通感、幻覺和藝術變形，這就為
當時的文壇提出了一項新的課題。朦朧詩以意象為中心的美學原
則，注重藝術的幻覺、變形、錯覺，使得「詩加速了它的意象化過
程，意象這一久被棄置的情感與理性的集合體，被廣泛地應用於
新詩潮創作。因準確的意象使人的內心情感和情緒找到它的適當
的對應物，意象的詩很快便取代了傳統的狀物抒情的方式」[25]。通
常情況下，朦朧詩被視為當代漢語詩歌創作的一個重要轉型，可以
說，它提供了一種美學範式，就是將「『意象』被突出到『支配』
地位」[26]。二十世紀八〇年代中期以後，朦朧詩開始慢慢退潮。由
於朦朧詩將漢語新詩推向了一種意象化創作的極端，「而所謂『第
三代』詩正是從『反意象化』開始，向它前面那座高聳的豐碑挑戰
的。它走向了另一個極端，發現了又一片新大陸──聲音」[27]。

　　在一九八〇年代詩壇嶄露鋒芒的「第三代」詩歌，通過對抗朦
朧詩和文化尋根詩的方式，以「反意象化」的姿態登上詩壇。在朦
朧詩的影響下，「非非」、「莽漢」、「他們」等詩歌群體紛紛提
出「pass」和「打到」北島的口號，試圖擺脫朦朧詩的「影響的焦

---

[25] 謝冕：《斷裂與傾斜：蛻變期的投影──論新詩潮》，姚家華編：《朦朧
　　詩論爭集》，北京：學苑出版社，1989年版，第421頁。

[26] 胡興：《聲音的發現──論一種新的詩歌傾向》，《山花》，1989年第5
　　期，第70頁。

[27] 胡興：《聲音的發現──論一種新的詩歌傾向》，《山花》，1989年第5
　　期，第70頁。

慮」，而重新為漢語新詩樹立新的美學原則。這些詩人從意象中心轉向聲音中心，他們相當重視語感，認為語言就是生命形式，故而高度崇尚語言形式的狂歡，如周倫佑的詩歌《第三代詩人》所云，「一群斯文的暴徒／在詞語的專政之下／孤立得太久／終於在這一年揭竿而起／佔據不利的位置，往溫柔敦厚的詩人臉上／撒一泡尿／使分行排列的中國／陷入持久的混亂／這便是第三代詩人／自吹自擂的一代／把自己宣布為一次革命／自下而上的暴動／在詞語的界限之內／破碎舊世界／捏造出許多稀有的名詞和動詞」[28]。在「第三代」詩歌作品中，韓東的《你見過大海》以最簡單的主謂結構組織詩行，「你見過大海／你也想像過大海／你不情願／讓海水給淹死／就是這樣／人人都這樣」[29]；楊黎的《冷風景》注重擬聲的語音效果，「雪雖然飄了一個晚上／但還是薄薄一層／這條街是不容易積雪的／天還未亮／就有人開始掃地／那聲音很響／沙、沙、沙／接著有一兩家打開門／燈光射了出來」[30]；周倫佑的《想像大鳥》採用句法轉換結構詩行，「大鳥有時是鳥，有時是魚／有時是莊周似的蝴蝶和處子／有時什麼也不是／只知道大鳥以火焰為

[28] 周倫佑：《第三代詩人》，《周倫佑詩選》，廣州：花城出版社，2006年版，第31頁。
[29] 韓東：《你見過大海》，梁曉明、南野等主編：《中國先鋒詩歌檔案》，杭州：浙江文藝出版社，2004年版，第131頁。
[30] 楊黎：《冷風景》，萬夏，瀟瀟主編：《後朦朧詩全集》，成都：四川教育出版社，1993年版，第405頁。

食／所以很美，很燦爛／其實所謂的火焰也是想像的／大鳥無翅，根本沒有鳥的影子」[31]。這些詩篇都走出意象為主導的朦朧詩時代，而希求返歸日常生活語言，在顛覆傳統詩歌表現方式的同時，恢復對語音、語調、辭章結構和語法的知覺，凸顯出語言文字的聲音魅力。與之相應的是，詩人柏樺、黃燦然、小海、何小竹、樹才、朱文、葉輝等，秉承和延續了一九八〇年代樹立起的日常生活美學風尚，比如柏樺的《在清朝》、黃燦然的《白誡》等作品，詩行排列平穩有序，語音、語調相對低沉、緩慢，在整體上形成了樸素、淺近、直白的聲音特徵。

同時，一九八〇年代以來，有一部分詩歌也注重外在的韻律、節奏和旋律感，將漢語語言呈現出更具創造性的音樂形式。其中，多多的《依舊是》、《沒有》和陳東東的《詩篇》、《詩章》等，都體現出詩人高度的音樂自覺，他們純熟地運用音樂形式，實現了複遝回環的音樂美感。此外，甚至也有詩人藉助音樂的演奏方式，將聲音的表現形式外化為音樂旋律，歐陽江河的《一夜蕭邦》，頓數由多字頓逐漸減少，彈奏出蕭邦柔情的鋼琴曲調，「可以把蕭邦彈奏得好像美歐在彈。／輕點再輕點／不要讓手指觸到空氣和淚水。／真正震撼我們靈魂的狂風暴雨／可以是／最弱的，最溫柔

---

[31] 周倫佑：《想像大鳥》，《周倫佑詩選》，廣州：花城出版社，2006年版，第3頁。

的」[32]；呂德安借用重章疊句，彈唱出《吉他曲》，「那是很久以前／你不能說出／具體的時間和地點／那是很久以前／／那是很久以前／你不能說出風和信約／是從哪裡開始／你不能確定它」[33]。這些作品充分挖掘詩與樂的關係，調動古典和西方的音樂形式，彰顯出這一時代詩人對語言的音樂自覺。

　　另外，一九八○年代以來漢語新詩還開掘出混雜語體、非線性結構等，通過與時代的共鳴實現聲音的實驗。詩人西川的《個人好惡》、柏樺的《水繪仙侶──一六四二─一六五一：冒辟疆與董小宛》等作品集，都跳離出傳統的抒情語調，既著力於敘事性寫作，又通過混雜語體提升文本容量，為漢語新詩開拓出新的領地。王家新的《帕斯捷爾納克》、孫文波的《獻給布勒東》、安琪的《像杜拉斯一樣生活》、潘維的《梅花酒》、侯馬的《身分證》、陳先發的《前世》等，借用古典或者西方文學作品的聲音構成要素，在表現詩人對待本土與歐化資源的態度時，也實現了聲音與情感、主題的契合。由於網路媒體的興盛，非線性的網路詩歌和超文字都將漢語的聲音實驗推向了極致，伊沙的《結結巴巴》、左後衛的《前妻》、蘇紹連的《釋放》、李順興的《文字獄》等，顛覆了傳統的

---

[32] 歐陽江河：《一夜蕭邦》，《誰去誰留》，長沙：湖南文藝出版社，1997年版，第35頁。

[33] 呂德安：《吉他曲》，萬夏，瀟瀟主編：《後朦朧詩全集》，成都：四川教育出版社，1993年版，第254頁。

詩歌寫作模式，重新組織語音、語調、辭章結構和語法，堪稱是非線性結構的典範，這些作品顛覆了純詩歌文本的停頓、分行形式，開掘出漢語新詩的非線性結構，呈現出或斷裂、破碎，或縫合、接續的多樣化形式特徵。既凸顯出聲音的表現力，同時也拓展了漢語新詩語言形式上的容量，構成一九八〇年代以來漢語新詩中一道獨特的聲音風景。

三　聲詩從「運動」走向「活動」

　　與徒詩（信口而謠，並不入樂的詩）相對的詩歌，可稱為聲詩。楊曉靄在《宋代聲詩研究》中界定了聲詩的內涵，她認為，聲詩有廣義和狹義的雙重內涵。從廣義上講聲詩指「『有聲之詩』，即古所謂『樂章』」；而狹義上的聲詩則指向「『詩而聲之』，即按采詩入唱方式配樂的歌辭」[34]。筆者採用廣義的聲詩概念，第一，音樂的伴奏形式。聲詩一詞，最早見於《禮記·樂記》，「樂師辨乎聲、詩，故北面而弦」[35]。其中，聲詩所代表的是樂歌，即詩歌伴奏樂器而生的音樂感。又提到：「詩，言其志也；歌，詠其

[34] 楊曉靄：《宋代聲詩研究》，北京：中華書局，2008年版，第6頁。
[35] [漢]鄭玄注，[唐]孔穎達疏：《禮記正義》，《十三經注疏》，北京：北京大學出版社，1999年版，第1118頁。

聲也；舞，動其容也。——三者本於心，然後樂器從之。」[36]詩、
樂、舞三者是合而為一的，在此基礎上，謂之聲。第二，通過其他
口頭方式所產生的音樂節奏。也就是說，歌、詠、唱等之外，也不
應排除誦、吟、念、讀等口頭的發聲可能。

作為一種獨特的詩歌類型，一九八〇年代的聲詩不只在文本層
面充分保留原有的音樂性，甚至從「運動」走向「活動」[37]的聲詩
常常會擺脫詩歌文本節奏、韻律的限制，通過現場表演或者多元化
的媒體技術，充分展示文本的聲音潛力，再現一種富有創造性的聲

---

[36] [漢]鄭玄注，[唐]孔穎達疏：《禮記正義》，《十三經注疏》，北京：北京
　　大學出版社，1999年版，第1112頁。筆者按：中國古典詩歌與聲之間的
　　關係，經歷了三個階段，即《詩經》時代，以樂入詩的雅樂階段；樂府時
　　代，采詩入樂的清樂階段；唐宋詩詞時代，依聲填詞的燕樂階段，此後，
　　元明清的戲曲，則吸納融合了雅樂、清樂以及燕樂的特點，形成詩、樂、
　　舞在視覺、聽覺和表演藝術上的融合。
[37] 據[美]江克平（John A.Crespi）在《從「運動」到「活動」：詩朗誦在後
　　社會主義中國的價值》（吳弘毅譯，北京大學中國詩歌研究所、首都師範
　　大學中國詩歌研究中心：《新詩研究的問題與方法研討會論文集》會議論
　　文，2007年版，第51頁。）中詮釋：「'運動'中'運'意味著這動作是
　　系統的、方向性的、有目的的：從手錶和機器內部的機械運動，到有組織
　　的體育競賽中的肢體運動，有目的的人流和物流，充滿權謀的對群眾的操
　　縱，扯遠一點，甚至還有無法逃避的'運數'的作用。相反，'活'這個
　　含義古老的象形文字，在左邊帶著代表'水'的語義的偏旁，意味著生命
　　和自然的自發地、無導向的、可以無限變化通融的行為。'活'網路般地
　　擴展它的內涵，以囊括自由的和不可預知的、可移動和可更改的、無導向
　　的和從容不迫的意義，例如：活動的牙齒、活動房屋，乃至用活動室的多
　　種用途來自得其樂。」

音表現形式。根據江克平（John A.Crespi）的論述，以「運動」展開的口頭聲音（民歌[38]、朗誦[39]）與政治意識形態緊密相關，通常是自上而下的傳達後，落實到群眾中去，有計劃、有組織的開展。相反，「活動」是「正式或非正式預定的，集體尋求消遣、娛樂、社交、發展關係網絡、非正式的教育、宣傳，或者以上都有。它們脫離日常生活和工作的運行軌道，構架出一個特定的時間、空間和交流的圈子」[40]。

　　一九八〇年代以來，伴隨著經濟的發展以及西方文化藝術、流

---

[38]　1942年，毛澤東《在延安文藝座談會上的講話》更是促發和推廣了民歌的創作和搜集工作。在延安整風運動中，田間的《戎冠秀》、李季的《王貴與李香香》、阮章競的《漳河水》，都掀起了敘事民歌創作的熱潮。直到1958年，「新民歌運動」席捲而來，1958年周揚在《紅旗》雜誌的第1期上發表《新民歌開拓了詩歌的新道路》，同年4月14日，《人民日報》上又以社論的形式刊出《大規模地收集全國民歌》，湧現出包括王老九、黃聲孝等在內的民間詩人。

[39]　1932年，在上海成立的中國詩歌會，有組織、有目的地開始舉行一些朗誦活動。隨後，為配合抗戰宣傳，激發民眾的抗日熱情，1938年左右，在重慶、武漢等地掀起朗誦詩運動，高蘭、徐遲和光未然等都在這次運動中發揮了重要的作用。在根據地文學中出現了街頭詩、快板詩和槍桿詩，推動了詩歌的大眾化傾向，在新民歌運動之後，直到1976年，天安門詩歌運動又再次以群眾自發的形式通過朗誦參與到政治運動中。

[40]　[美]江克平（John A.Crespi）：《從「運動」到「活動」：詩朗誦在後社會主義中國的價值》，吳弘毅譯，北京大學中國詩歌研究所、首都師範大學中國詩歌研究中心：《新詩研究的問題與方法研討會論文集》（會議論文），2007年版，第52頁。

行音樂的影響，聲詩不僅停留在文本層面，還作為一種活動迅速活躍起來，無論從活動場地還是表現方式上，都為漢語新詩提供了全新的傳播方式。眾所周知，這一階段聲詩已經從廣場走向更開闊的文化空間，主要集中在一些休閒場所，比如酒吧、飯店、咖啡廳、書店、圖書館、博物館、文化館等，詩人通過聲詩活動交流資訊和聚會娛樂。可以說，一九八〇年代以來，詩人不定期地組織朗誦活動，已經成為漢語新詩口頭聲音傳播的一大特色。事實上，早在二十世紀八〇年代中期，活躍於四川盆地的「莽漢」、「非非」、「整體主義」、「大學生詩派」等詩歌群體中的詩人周倫佑、楊黎、萬夏等就在成都創辦了「四川青年詩人協會」，他們以酒店或者茶館為活動場地朗誦個人作品。這種由詩人、音樂家等自發組織的朗誦會、音樂會等，通常在場地和設備的選用上都極為簡陋，也沒有數量可觀的聽眾，但詩人在聲詩活動中交流新作、傳達情緒，為這一階段漢語新詩的傳播提供了重要的途徑。

與之相對應的是，聲詩集音樂、舞臺、影視等為一體，朝著專業化和多樣化的方向發展。這一階段新媒體技術、流行歌曲、搖滾樂和民謠歌曲的蓬勃發展，為詩歌的傳播提供了有利的條件。詩人或者音樂人調用音訊、視頻、影視等媒體技術，極大限度地挖掘詩歌文本的潛力，將詩歌與戲劇、音樂等相結合，實現了漢語新詩的傳播功能，這其中，最為典型的就是於堅的《〇檔案》被製作成戲劇，黑大春創辦了「黑大春歌詩小組」，等等。同時，聲詩的活動

化取向，也影響了詩人的詩歌創作，詩人們不再寫作或者朗誦「使
每一個人掉淚」的詩篇，正如王寅在《朗誦》中所述：「我不是一
個可以把詩篇朗誦得／使每一個人掉淚的人／但我能夠用我的話／
感動我周圍的藍色牆壁／我走在舞臺的時候，聽眾是／黑色的鳥，
翅膀就墊在／打開了的紅皮筆記本和手帕上／這我每天早晨都看見
了／謝謝大家／謝謝大家冬天仍然愛一個詩人」[41]，一方面，他們
在創作上趨向於更為自然的語音、語調、辭章結構和語法，另一方
面，他們也通過個人化的朗誦方式充分挖掘文本的表現力。就這點
而言，無論是于堅厚重闊遠的方言朗誦、西川高亢激躍的朗誦風格、
多多回環往復的音調、樹才低沉內斂的誦讀、陳黎起伏有致的表演，
等等，都呈現出這一階段聲詩走向活動化的特點。另外，聲詩還利用
詩歌文本，通過歌詞與詩的轉化，藉助音樂充分挖掘出聲詩的表現
力，其中既包括詩歌的改編，包括李泰祥改編鄭愁予的《旅程》、周
雲蓬改編海子的《九月》、小娟和山谷裡的居民改編顧城的詩《海
的圖案》、《小村莊》、路跡改編於堅的《立秋》等，還包括歌手
對歌詞的演繹，包括崔健嘶吼出的《一無所有》、張楚說唱出的
《姐姐》、汪峰喊唱出的《青春》、左小祖咒和聲共振出的《釘子
戶》等，這些詩歌經過再創作之後，聲音表現出更為豐富的特點。

---

[41] 王寅：《朗誦》，《王寅詩選》，廣州：花城出版社，2005年版，第
124頁。

結語

　　繼朦朧詩之後，一九八〇年代以來活躍在詩壇上的漢語新詩，
弱化載道和言志的詩教觀念，逐漸開拓出一條自覺的聲音美學之
路。在這一過程中，從集體的聲音過渡到個人化的聲音，從意象中
心轉向聲音中心的實驗，聲詩從「運動」轉向「活動」，不僅造成
了漢語新詩格局的裂變與分化，也開拓出更為多樣化的聲音特點。
目前關於漢語新詩的聲音研究，主要側重於從理論研究層面討論漢
語新詩中的聲音問題，儘管跳離出古典詩歌的聲音局限性，為漢語
新詩開啟了新的研究空間；同時，對於漢語新詩中聲與音的互動，
聲與情的互動等，都提出了新的見解和研究方法。但同時，也容易
陷入到詩學論爭或者民族國家的歷史框架中，而沒有立足於漢語新
詩創作特色，更無法真正意義上為聲音的理論體系和動態研究找到
出路。因此，打破詩學論爭或者民族國家的現代性研究模式，而立
足於詩歌文本，透過一九八〇年代以來漢語新詩文本中的聲音，將
傳統與現代勾連起來，才能夠真正發現漢語新詩的聲音。由此看
來，探討漢語新詩的聲音，一個重要的研究途徑就是將聲音與整個
新詩現代化進程的語境結合起來，在二者的相互關係中判斷聲音是
否存在，又是以何種方式存在。在這個過程中，回到詩歌文本，無
疑是連接二者關係的重要樞紐。

楊牧：靜佇、永在與浮升

為你寫一首秋天的詩
在小船上擺盪
浸濕十二個刻度
當悲哀蜷伏河床
如黃龍，任憑山洪急湍
從受傷的眼神中飛升

——《讓風朗誦》

引言

　　楊牧（一九四〇－），本名王靖獻，臺灣花蓮縣人。自一九五六年創作起，長達半個多世紀以來，他憑藉優秀的詩作，被譽為臺灣、香港乃至整個華語地區最具影響力的詩人之一[1]。這其中，楊牧對於對漢語詩歌聲音（語音、語調、辭章結構和語法等所產生的音樂性）不遺餘力的追求，使得他在整個現代詩歌史中佔有重要的地位。這種執著為楊牧的詩歌增添了無窮的潛力，「形式問題，一向是我創作經驗裡最感困擾，而又最捨不得不認真思考的問題。所謂形式問題，最簡單的一點，就是我對格律的執著，和短期執著以後，所竭力要求的突破。」[2]同時，也得到評論界的普遍認可，比如奚密認為在楊牧的詩歌中，「音樂把時間化為一齣表達情緒起伏和感情力度的戲劇：或快或慢，鋪陳或濃縮，飄逸或沉

[1] 楊牧15歲開始，以筆名葉珊投稿《現代詩》、《藍星詩刊》和《創世紀》等刊物，1972年將筆名更改為楊牧。他出版的詩集包括《水之湄》、《花季》、《登船》、《傳說》、《瓶中稿》、《北斗行》、《禁忌的遊戲》、《海岸七疊》、《有人》、《完整的寓言》、《時光命題》、《涉世》、《介殼蟲》等，還先後獲得吳三連文藝獎、國家文藝獎、花蹤世界華文文學獎、紐曼華語文學獎等重要詩歌獎項。
[2] 楊牧：《楊牧詩集II》，〈《禁忌的遊戲》後記：詩的自由與限制〉，臺北：洪範書店，1995年版，第510頁。

重，喜悅或悲傷」[3]，又如張依蘋認為楊牧善於「在特定思維之中運籌的文字、詞語、象徵、節奏、韻律等的力之開展循環有關的那一切。」[4]但總體而言，對於楊牧詩歌聲音的評論，大抵又落入聲音與意義二元對立的框架中來談，一種是將聲音從意義中割裂出來，進行語言技術層面的分析，比如蔡明顏在〈論葉珊的詩〉中重點討論楊牧早期詩作中對跨行、二字組、感歎詞和數字入詩等詩歌形式的創造和應用[5]；另一種則是過於注重意義，而忽略了聲音的獨立價值，比如陳義芝在〈住在一千個世界上——楊牧詩與中國古典〉[6]中，以〈武宿夜組曲〉等詩為例，詳析詩人借古典人物史實或文本角色做自我內省的形象。儘管這些為楊牧詩歌研究提供了一定的基礎，然而，聲音從來就不是一個孤立的存在，而是與意義如影隨形，密切相關，像是巴赫金說過的，「對於詩歌來說，音和意義整個地結合」[7]。

---

[3] 奚密：《臺灣現代詩論》（香港：天地圖書有限公司，2009），頁174。

[4] 張依蘋：〈一首詩如何完成——楊牧文學的三一律〉，收入陳芳明主編：《練習曲的演奏與變奏：詩人楊牧》，臺北：聯經出版社，2012年版，第219頁。

[5] 蔡明顏：〈論葉珊的詩〉，收入陳芳明主編：《練習曲的演奏與變奏：詩人楊牧》，第163-188頁。

[6] 陳義芝：〈住在一千個世界上——楊牧詩與中國古典〉，收入陳芳明主編：《練習曲的演奏與變奏：詩人楊牧》，第297-335頁。

[7] [蘇聯]巴赫金：《文藝學中的形式主義方法》，《周邊集》，李輝凡、張捷等譯，（石家莊：河北教育出版社，1998），第241頁。

　　但是，目前聲音與意義的研究尚屬空缺，韋勒克、沃倫早在《文學理論》中就特別指出「『聲音與意義』這樣的總的語言學的問題，還有在文學作品中它的應用於結構之類的問題。特別是後一個問題，我們研究得還不夠。」[8]直到新世紀，學者劉方喜仍提到：「對有關圍繞聲韻問題的分析基本上還只處在『形式』層，沒有提升到形式的『功能』層，即聲韻形式在詩歌意義表達中究竟起到什麼樣的作用——這樣的問題還沒有進入到他們的理論視野。」[9]因此，本文對於楊牧詩歌的研究力圖破除聲音與意義的二元對立關係，而是從二者的結合體中著手研究。事實上，提及聲音與意義的關係，除了在微觀上考量具體詞語的意義外，則在宏觀層面上主要著力於研究聲音與主題、意象兩個方面的關係。就這點而言，針對楊牧詩歌中出現的大量的意象和意象群，關注聲音與意象的關係，無疑為研究楊牧詩歌中的音樂性，提供了更為有效的路徑。所謂的聲音與意象，日本學者松浦友久在《中國詩歌原理》中提到過，「『韻律』與『意象』相融合的『語言表現本身的音樂性』，亦可稱作詩歌的『語言音樂性』」[10]。那麼，詩人楊牧何以

---

[8] [美]雷·韋勒克，奧·沃倫，劉象愚、邢培明等譯：《文學理論》，北京：生活·讀書·新知三聯書店，1984年版，第172頁。

[9] 劉方喜：《「漢語文化共用體」與中國新詩論爭》，濟南：山東教育出版社，2009年版，第324頁。

[10] [日]松浦友久著孫昌武等譯：《中國詩歌原理》，瀋陽：遼寧教育出版社，1990年版，第268頁。

透過文本實現聲音與意象的互動？進言之，聲音與意象的融合何以
體現出語言音樂性？概言之，一方面，正如楊牧所提到的聲音與
主題的關係一樣，「一篇作品裡節奏和聲韻的協調，合乎邏輯地
流動升降，適度的音量和快慢，而這些都端賴作品主題趨指來控
制。」[11]聲音與意象的互動，也具有協調控制的作用。另一方面，
意象憑藉著聯想機制，投射出聲音形式，從而凝結成一種空間結
構，「意象不是圖像的再現，而是將不同觀念、感情統一成為一個
複雜的綜合體，在某一個瞬間，以空間的形態出現。」[12]。

　　鑒於楊牧對時間和空間的雙重敏感，結合考察其詩歌中典型的
意象，從中能夠概括出詩人開啟的三種音樂性自覺，第一，靜佇：
沉默的時間。詩人楊牧以「蝴蝶」、「花」、「雲」、「雨」、
「水」等意象隱喻記憶的停駐與變幻，同時又以「星」為中心的
意象群，包括「星子」、「星河」、「星圖」、「流星」、「隕
星」、「啟明星」、「黃昏星」、「北斗星」，等等，突出時間的
逝去與靜止。楊牧所追求的沉默之永恆精神，由意象造成的畫面感
疏散或者凝聚聲音，以促節短句加強時間的流動感，又讓語詞逐漸
消失，迎合意象本身的畫面恒久性。詩人張弛有序地將對花蓮的記

[11]　楊牧：《一首詩的完成》，臺北：洪範書店，1989年版，第145頁。
[12]　Joseph. Frank, *Spatial Form in Modern Literature*, William J.Handy and Max Westbrook (eds.), *Twentieth Century Criticism*, New York：The Fress Press.1974, p85.

憶延伸為一種時間意識，產生出靜佇的美學特徵。第二，永在：歸
去的回環。詩人藉助於意象（「霧」、「花」、「蛇」）的朦朧
虛幻性、生命的短暫或者性情的缺失感，打開寫作思路。然而，
如何去補缺才是詩人不斷在追問中想要抵達的境界。筆者發現，楊
牧的詩歌中存在著大量的回環結構，也就是在首句和尾句中使用同
樣的句子，在重複中保護韻律的完整性，從而實現從虛無通向實
在，從短暫通向恒久，從空缺通向完滿的永在之追求。第三，浮
升：抽象的螺旋。此處，筆者將研究重點集中於楊牧詩歌中的動物
意象研究，包括「兔」、「蜻蜓」、「蝌蚪」、「蟬」、「雉」、
「鷹」、「狼」、「介殼蟲」等等。詩人通過觀察動物的性情，在
感性與理性的交融中發現了一種螺旋上升的快感，它通向抽象的空
間結構追求。以此為基礎，詩人在停頓、分行、斷句等方面也多有
變化，以推進聲音與意象同步上升，完成思辨的藝術探求。綜上，
筆者希望藉助具體的文本分析，不僅開啟楊牧詩歌的另一種解讀方
式，還能夠為聲音與意象關係的研究也提供可借鑒的實例和有效的
方法。

一　靜佇：沉默的時間

　　一九四〇年，楊牧出生於臺灣花蓮。他的童年時光是在花蓮度過的，是這片土地賦予了他對自然無限的期許和想像。「抬頭看得見高山。山之高，讓我感覺奇萊山、玉山和秀姑巒山，其高度，中國東半部沒有一個山可以比得上。那時我覺得很好玩，因為夏天很熱，真得抬頭可以看到山上的積雪，住在山下，感覺很近，會感到imposing（壯觀的）的威嚴。另外一邊，街道遠處是太平洋，向左或者向右看去，會看到驚人的風景，感受到自然環境的威力。當然有些幻想，對於舊中國、廣大的中國和人情等，都會有很深的感受。所以很多都是幻想，又鼓勵自己用文字記下來。在西方文藝理論中，叫做imagination（想像），文學創作以想像力為發展的動力。」[13]從最初的創作中能夠看出，詩人試圖憑藉文字的想像保留花蓮的外在自然景象，正如《奇萊後書》中所敘述的，在一個陰寒的冬天，「飄過一陣小雨猶彌漫著青煙的山中，太陽又從穀外以不變的角度射到，那微弱的光穿裂層次分明地勢，正足以撕裂千尺以下無限羞澀的水流與磐石，以及環諸太虛無限遙遠，靠近的幻象，

---

[13]　翟月琴，楊牧：〈「文字是我們的信仰」：訪談詩人楊牧〉，南京：《揚子江評論》38.1，2013年版，第26頁。

累積多少歲月的欲念和酖美。我傾身向前，久久，久久俯視那水
與石，動盪，飄搖，掩飾，透明。」[14]如此景象，對於詩人而言，
「這是我第一次對長存心臆的自然形象發聲，突破。」[15]而一九六
四年東海大學外文系畢業後，他赴美國愛荷華大學英文系攻讀藝術
碩士學位，隨後又在柏克萊加州大學比較文學系攻讀博士學位。
花蓮，在漂泊中漸漸發生著遷移，但卻蘊藏了詩人最珍視的童年
記憶。提及花蓮，包括陳錦標（1937-）、陳義芝（1953-）、陳黎
（1954-）、陳克華（1961-）等在內的臺灣詩人都有涉及，他們較
多集中於自然景觀、日常生活和歷史遭遇等層面的詩歌創作，以呈
現懷舊的花蓮記憶。[16]當然，在《奇萊前書》和《奇萊後書》中，
詩人同樣用大量的筆墨描述了花蓮的風土人情和自然景觀。但與之
不同的是，花蓮所象徵的記憶，生發出的不僅是詩人楊牧對於自然
的敏感，更是一種結構——延緩意象產生的靜止畫面以抑制促節短
句的速度——標識出對於時間命題的深入思考，可以說，這種思考
幾乎滲透於他的大部分詩作。

---

[14] 楊牧：《奇萊後書》，臺北：洪範書店，2009年版，第374頁。
[15] 楊牧：《奇萊後書》，第375頁。
[16] 可參考奚密：《臺灣現代詩論》，頁187-204。其中以四位陳姓詩人的花
蓮書寫為題，即「陳錦標：濤聲的花蓮、垂柳的花蓮」，「陳義芝：童年
的花蓮、永恆的花蓮」，「陳克華：風塵的花蓮、夢魘的花蓮」和「陳
黎：瑣碎的花蓮、瑰麗的花蓮」，深入探討了鄉土花蓮與詩歌想像之間的
關係。

　　在詩人楊牧早期的創作中，就能夠發現他對於時間的敏感。
他最早就曾化用鄭愁予的詩句，如「但我去了，那是錯誤，雲散
得太快，／覆沒有江河長流」[17]，「我不是過客，／那的嗒是美麗
的墜落」[18]，書寫瞬間與永恆的體悟。隨著時間的停止與流動，詩
歌中聲音的物質形式也跟隨著時間發生變化，與之相對的是，意
象在聲音中成為被凝注著的時間。二者相互抑制、相互促進的關
係，使得楊牧詩歌的節奏不再單一，而是在複雜性中更值得玩味。
詩人以「蝴蝶」、「花」、「雲」、「雨」、「水」等意象隱喻記
憶的停駐與變幻，比如「在鈴聲中追趕著一雙斑斕的蝴蝶／我憂鬱
地躺下，化為岸上的一堆新墳」[19]，「你的眼睛也將灰白／像那籬
外悲哀的晚雲／而假如是雲／也將離開那陽光的海岸」[20]，「梧桐
葉落光的時候，秋來的時候／一片彩雲散開的時候／蘆花靜靜地
搖著」[21]，其中詩人使用動詞「為」（「化為」）、「開」（「散
開」）作補語表示動作變化的過程，使用動態助詞「著」（「追趕
著」、「搖著」）表示動作的持續，使用副詞「將」把動作指向將
來，都突出了意象存在的時間性；同時，詩人還以「星」為中心的

---

[17]　楊牧：《楊牧詩集Ｉ》，（臺北：洪範書店，1978），〈大的針葉林〉，
　　　第12頁。
[18]　楊牧：《楊牧詩集Ｉ》，〈在旋轉旋轉之中〉，第108頁。
[19]　楊牧：《楊牧詩集Ｉ》，〈逝水〉，第197頁。
[20]　楊牧：《楊牧詩集Ｉ》，〈淡水海岸〉，第149頁。
[21]　楊牧：《楊牧詩集Ｉ》，〈夢寐梧桐〉，第218頁。

意象群，包括「星子」、「星河」、「星圖」、「流星」、「隕星」、「啟明星」、「黃昏星」、「北斗星」，等等，較為醒目地提煉出時間的逝去與靜止，比如「背著手回憶那甜蜜的五月雨／雨中樓廊，雨中撐傘的右手／每個手指上都亮著／亮著昨日以前的黃昏星／而我走上這英格蘭式的河岸」[22]，詩句重複表示空間性的「雨中」和表示時間性的「亮著」，與閃爍的「黃昏星」在畫面感上契合相應；再如「月亮見證我滂沱的心境／風雨忽然停止／蘆花默默俯了首／溪水翻過亂石／向界外橫流／一顆星曳尾朝姑蘇飛墜。劫數……／靜，靜，眼前是無限的曠野／聚似一陣急似一陣對我馳來的／是一撥又一撥血腥汙穢的馬隊／踢翻十年惺惺的寂寞」[23]，詩句以省略號形象地勾畫出星「曳尾」的姿態，同時又拖長了墜落的時間，「靜」的重複和間隔都烘染出空間的無涯，而「一陣」和「一撥」更是通過時間的重複將短暫幻化出無限。

　　這其中，楊牧一如既往地嚮往剎那的永恆，試圖讓畫面安靜地佇立在文字之中。因此，儘管他的詩歌在整體上是以加速度前進的，促節短句與時間的速轉契合統一，但詩句中卻不乏靜止的圖像，使得畫面附著在語詞上，為整首詩歌的主題表達在靜止的畫面感中獲得了減速的可能。他寫道，「而一切靜止／你像一扇

22　楊牧：《楊牧詩集 I》，〈山火流水〉，第132頁。
23　楊牧：《楊牧詩集 II》，〈妙玉坐禪〉，第496-497頁。

釘著石頭銅環的紅門／堅持你輝煌的沉寂」[24]，「諾拉，諾拉，水波和微風的名子／如此精美，如此冰涼／我看它掛在九月的松枝上／忍受著時間無比的壓力／諾拉，諾拉，永恆的，無懼／超越碑石和銅像的名子。」[25]詩句短促精煉，而又以「紅門」、「碑石」和「銅像」這種帶有歷史質地的靜物作為意象，因為在詩人看來，永恆的期許終將是沉默的，沉默可以抵消時間的壓力，沉默便意味著靜止、停息。於是，片刻的凝固使得物被賦予了物自身的意蘊。與急速的短句相比較，詩人又常常減少字數，讓語詞逐漸疏散。以零速度的方式，拉開詩行的空間，挽留住時間，如「我曾單騎如曩昔／蕭索在水涯。酒後／在蒲公英懇求許願的／風聲中／放馬／馳騁」[26]，「我無言坐下，沉思瞬息之變／乃見虛無錯落的樹影下／壯麗的，婉約的，立著／一匹雪白的狼」[27]，「雨止，風緊，稀薄的陽光／向東南方傾斜，我聽到／輕巧的聲音在屋角穿梭／想像那無非是往昔錯過的用心／在一定的冷漠之後／化為季節雲煙，回歸／驚醒」[28]，「再抬頭，屋頂上漂浮著／濃烈的水蒸氣／淡淡的煙」[29]如《修辭通鑒》所示：「停頓是顯現節奏單位的明顯標誌。

[24] 楊牧：《楊牧詩集 I》，〈尾聲〉，第118頁。
[25] 楊牧：《楊牧詩集 I》，〈秋霜〉，第210頁。
[26] 楊牧：《楊牧詩集 II》，〈九辯〉，第250頁。
[27] 楊牧：《楊牧詩集 II》，〈狼〉，第397頁。
[28] 楊牧：《楊牧詩集 III》，〈風鈴〉，臺北：洪範書店，2010年版，第86頁。
[29] 楊牧：《楊牧詩集 II》，〈子午協奏曲〉，第316頁。

語言總是通過藉助停頓來劃分節奏單位，體現節奏感，增強音樂美的。」[30]二字、三字單獨成行或者句內用逗號隔開，在停延處稀疏的文字能夠獨立出自足的節奏，從而減緩長句的速度，盡量趨於沉默，以無聲的方式保留畫面。正如他在〈論詩詩〉中提到的，在永恆的瞬間把握住音步與意象，「應該還是你體會心得的／詩學原理，生物榮枯如何／藉適宜的音步和意象表達？／當然，蜉蝣寄生浩瀚，相對的／你設想撲捉永恆於一瞬。」[31]。語詞停歇意味著空白，詩人抽離出緊致的速度，而最終歸於平靜，將時間的流動抑制於靜佇的畫面，於沉默裡獲得恒久的意義。

　　創作於一九六二年的〈星問〉，儘管採用了大量的意象，但仍是楊牧筆下較為淺近直白的一首作品。這其中，「『星』，我曾指出，是現代漢詩裡的一個雙重象徵，它既代表不為世俗理解的詩人，也是詩人所追求的永恆的詩。因此，它是孤獨與崇高，疏離與希望的結合。」[32]楊牧秉承浪漫主義的抒情傳統，不僅使用「星」意象，還旁涉「花」、「雨」、「雲」等自然意象，透過意識的流動，詮釋出沉默裡時間的永恆。他寫道：

---

[30] 成偉鈞、湯仲揚、向宏業主編：《修辭通鑒》，北京：中國青年出版社，1991年版，第31頁。

[31] 楊牧：《楊牧詩集 II》，〈論詩〉，第215頁。

[32] 奚密：《臺灣現代詩論》，第160頁。

我沉默沉默，簪花的大地
一齣無謂的悲劇就此完了
完成了，星子在西天輝煌地合唱
雨水飄打過我的墓誌銘
春天悄悄地逝去

我張開兩臂擁抱你，星子們
我是黑夜──無邊的空虛

精神如何飛升？
永恆如雲朵出岫，默坐著
對著悲哀微笑，我高聲追問
是誰，是誰輕叩著這沉淪的大地？
晚風來時，小徑無人
樹葉窸窸的低語
陽光的愛
如今已幡然變為一夜夢魘了

你是誰呢？輝煌的歌者
子夜入眠，合著大森林的遺忘
你驚擾著自己，咬嚙著自己

而自己是誰呢？大江在天外奔流

去夏匆匆，小船的積苔仍厚

時間把白髮，皺紋和蹊蹺

覆在你燦爛的顏面上

帷幕解開，你在蘋果林前

撫弄著美麗的裙裾

而我呢？五月的星子啊

我沉默簪花的大地……

我在雨中渡河[33]

（〈星問〉）

　　詩人將抒情主體置身其中，「簪花」、「星子」、「雨水」作
為意象密集出現，在天與地的縱向空間中，意象連續排列，構成
了一組急速流轉的畫面。這畫面在「我沉默沉默」中，「我的墓
誌銘」上浮出。另外，詩句「春天悄悄地逝去」並未放在第一節
的首句，反而擱置在末句，正與最後一節「去夏匆匆，小船的積
苔仍厚」相對稱，形成時間上的比照。朱光潛認為，「韻的最大

---

[33] 楊牧：《楊牧詩集 I 》，第191頁。

功用在把渙散的聲音團聚起來，成為一種完整的曲調。」[34]疊詞的使用，既是雙聲又是疊韻，為詩句增添了韻律感，例如「沉默沉默」重複動作以緩和情緒、「悄悄」和「匆匆」惟妙惟肖地表示時間的痕跡，在朗朗上口的韻律感之外還保留了畫面的想像空間，詩篇的速度也被控制在沉默的框架中，凸顯出主體「我」的願景，「而我呢？五月的星子啊／我沉默簪花的大地⋯⋯／我在雨中渡河」。詩歌的中間三節，詩人任由詩句自由的躍動，從主體「我」轉向對他者的追問，在反覆的問句中，「是誰，是誰輕叩著這沉淪的大地？」，「你是誰呢？輝煌的歌者」，「而自己是誰呢？大江在天外奔流」，直到最後「而我呢？五月的星子啊」，在人稱代詞「我」、「自己」和疑問代詞「誰」之間急促轉換，讓詩人在流動與變遷中，始終守護著恒定的「星子」，它懸空、駐足、停留，抵消著「時間把白髮，皺紋和蹉跎／覆在你燦爛的顏面上」。畫面定格在「五月的星子」、「簪花的大地」、「雨中渡河」中，詩人在結尾處採用語氣詞「啊」和省略號「⋯⋯」，拖長尾音，正延緩了這種畫面的流動，如自然物站立在流水中，為讀者提供了可感的縫隙，賦予整首詩歌以靜佇的美學特徵。

同樣，創作於一九七〇年的〈十二星象練習曲〉，是楊牧較為重要的組詩系列之一。在柏克萊讀書期間，正值越南戰爭如火如荼

---

[34] 朱光潛：《詩論》，上海：上海古籍出版社，2005年版，第148頁。

之際，柏克萊加州大學作為六〇年代反戰運動的領導者，也積極抗議美國政府介入越戰。楊牧藉助一名參戰男子的訴說口吻，以時間的線索將十二天干的時辰連綴而成，又以空間的線索轉換挪移十二星象，推動詩節中戰爭與死亡、性愛交織的節奏，「我的變化是，啊露意莎，不可思議的／衣上刺滿原野的斑紋／吞噬女嬰如夜色／我屠殺，嘔吐，哭泣，睡眠／Versatile」[35]，同時又保留恒久不變的星象（對女子露意莎的思念），作為精神的皈依，「露意莎——請注視後土／崇拜它，如我崇拜你健康的肩胛」[36]，「東南東偏西，露意莎／你是我定位的／蟒蝗座裡／流血最多／最婉轉／最苦的一顆二等星」[37]整組詩歌在掙紮與苦痛中顯得張弛有序，而又不失重心，這裡以〈午〉為例：

> 露意莎，風的馬匹
>
> 在岸上馳走
>
> 食量曾經是糜爛的貝類
>
> 我是沒有名姓的水獸
>
> 長年仰臥。正午的天秤宮在
>
> 西半球那一面，如果我在海外⋯⋯

---

[35] 楊牧：《楊牧詩集Ⅰ》，〈十二星象練習曲卯〉，第436頁。

[36] 楊牧：《楊牧詩集Ⅰ》，〈十二星象練習曲子〉，第434頁。

[37] 楊牧：《楊牧詩集Ⅰ》，〈十二星象練習曲辰〉，第437頁。

在床上，棉花搖曳於四野
天秤宮垂直在失卻尊嚴的浮屍河

以我的鼠蹊支持扭曲的
風景。新星升起正南
我的髮胡能不能比
一枚貝殼沉重呢，露意莎？
我喜歡你曲膝跪向正南的氣味
如葵花因時序遞轉
嚮往著奇怪的弧度啊露意莎[38]

（〈午〉）

　　〈午〉在十二首詩歌中，頗具張力。將欲念與死亡並置，對露意莎反覆的呼喚，表露出主人公「我」敘述的強烈願望和急切心境。短句的停頓顯得極為緊促，詩人將「我」欲要訴說的心情投射於詩行，抑制不住語詞的迸出，讓它們交融在加速度的表述中。但畫面的出現，恰恰成為詩人阻止詩行加速乃至脫軌的重要方式。「西半球那一面，如果我在海外……／在床上，棉花搖曳於四野／天秤宮垂直在失卻尊嚴的浮屍河」，詩句中「在海外」和「在床

38　楊牧：《楊牧詩集Ⅰ》，〈十二星象練習曲午〉，第438頁。

上」並列出現，儘管是不同空間的並置，但為了延緩地理空間的陡
轉，詩人加入了省略號和分行，這就為意象「棉花」的「搖曳」和
「天秤宮」的「垂直」留出了空白。以標點符號將意象群分割，也
打開了畫面想像的可能，延長了閱讀時間。同樣，「我喜歡你曲
膝跪向正南的氣味／如葵花因時序遞轉／嚮往著奇怪的弧度啊露
意莎」，「我喜歡」或者「嚮往著」表現了情緒的迸發，顯得激烈
而熱切，詩句同樣以加速度的方式鋪展開抒情的心境。但「我喜歡
你」與「啊露意莎」本是完整的抒情句，詩人卻拆解了句子本身，
加入了修飾語和比喻句，將「我和「你」同在的兩種畫面揉入了
句子中，為意象「葵花」贏得了隱喻空間，從而以凝固的畫面集聚
著沉默的力量。值得一提的是，整組詩歌以「發現我凱旋暴亡／僵
冷在你赤裸的屍體」[39]結尾，畫面依然定格於停止的呼吸，生命與
死亡，冰冷與熱烈，比對參照，使得「赤裸的屍體」顯得沉靜而
淒美。

二　永在：歸去的回環

　　回環結構，即在詩歌中反覆出現同樣的句子、語詞或者句型，
構成局部或者整體封閉式的環繞形態。「詩歌組織的實質在於週

---

[39]　楊牧：《楊牧詩集Ⅰ》，〈十二星象練習曲亥〉，第442頁。

期性的複現」[40]，「重複為我們所讀到的東西建立結構。圖景、詞語、概念、形象的重複可以造成時間和空間上的節奏，這種節奏構成了鞏固我們的認知的那些瞬間的基礎：我們通過一次次重複之跳動（並且把他們當作感覺的搏動）來認識文本的意義。」[41]複現既提供語義條件，又造成語音節奏的反覆，而「節奏是在一定時間間隔裡的某種形式的反覆。」[42]楊牧詩歌複現出的回環結構主要出現在詩篇的首尾處，阿恩海姆認為，「視覺對圓形形狀的優先把握，依照的是同一個原則，即簡化原則。一個以中心為對稱的圓形，決不突出任何一個方向，可說是一種最簡單的視覺式樣。我們知道，當刺激物比較模糊時，視覺總是自動地把它看成是一個圓形。此外，圓形的完滿性特別引人注意。」[43]這裡提到簡單的圓形構造所蘊含的完滿性，對稱的視覺效果藉助於韻律的重複，隔離出詩人封閉的心理空間。這種簡單的表達模式，一旦與語義結合，「第一，回到詩的開始有意地拒絕了終結感，至少在理論上，它從頭啟動了

[40] [俄]瓦・葉・哈利澤夫（Valentin Evgenevich Khalizev），周啓超等譯：《文學學導論》，北京：北京大學出版社，2006年版，第326頁。

[41] Krystyna Mazur, *Poetry and Repetition：Walt Whitman, Wallace Stevens, John Ashbery* (New York and London：Routledge, 2005), p.xi.譯文參看李章斌：〈有名無實的「音步」與並非格律的韻律──新詩韻律理論的重審與再出發〉，臺北：《清華學報》42：2，2012年版，第109頁。

[42] 陳本益：《漢語詩歌的節奏》（臺北：文津出版社，1994），頁4。

[43] [美]魯道夫・阿恩海姆（Rudolf Arnheim），騰宋堯、朱疆源譯：《藝術與視知覺》，成都：四川人民出版社，1998年版，第223頁。

該詩的流程。第二，環形結構將一首詩扭曲成一個字面意義上的
『圓圈』，因為詩（除了二十世紀有意識模擬對空間藝術的實驗詩
之外）如同音樂，本質上是一種時間性或直線性的藝術。詩作為一
個線性進程，被迴旋到開頭的結構大幅度地修改。」[44]同樣的句式
往返出現於詩篇，起到一種平衡的作用，這是對詩人內心缺失感的
一種補充形式，在虛無與缺失中獲得永在之精神追求。

　　　　說我流浪的往事，哎！
　　　　我從霧中歸來……
　　　　沒有晚雲悻悻然的離去，沒有叮嚀；
　　　　說星星湧現的日子，
　　　　霧更深，更重。

　　　　記取噴泉剎那的撒落，而且泛起笑意，
　　　　不會有萎謝的戀情，不會有愁。
　　　　說我殘缺的星移，哎！
　　　　我從霧中歸來……[45]

　　　　　　　　　　　　　　　　　　　（〈歸來〉）

---

[44] 奚密：〈論現代漢詩的環形結構〉，瀋陽：《當代作家評論》147.3，2008
　　年版，第137頁。
[45] 楊牧：《楊牧詩集 I》，〈歸來〉，第3頁。

一九五六年，楊牧創作了詩篇〈歸來〉。詩歌在反覆的「我從霧中歸來……」中，一方面，突出了「霧」的隱喻功能，迷濛、環繞的意境烘染而出；另一方面，加劇了「歸來」的回環空間感。在詩歌中，同樣出現了其他意象，從不同側面鉤織歸來的願望。這其中，「晚雲」與「霧」形成來與去的對比、「星星」與「霧」相互加深印象、「噴泉」的「撒落」又與「星移」的「殘缺」映襯「霧」中的主人公形象。[46]可以看出，詩人楊牧在早期的創作中就存在著明顯的歸來情結，而同在一九五六年創作的〈秋的離去〉中，也體現出離去的空間意識：

笑意自眉尖，揚起，隱去，
自十一月故里蘆葦的清幽，
自薄暮鷗鶘緩緩的踟躕。
哎！就從一扇我們對飲的窗前，
談笑的舟影下，

46　楊牧善於在朦朧的意象中，突出主人公的影像，正如他創作於1978年的詩歌〈九辯〉中提到的，「春天，我迂回行過／鷗鶘低呼的森林／搜尋預言裡／多琥珀的草原，多魚／多微風，多繁殖的夢／多神話。我在搜尋……我知道我已經留下她／夢是鷗鶘的言語／風是琥珀的姿態／魚是神話的起源／臨水的荷芰搖曳／青青是倒影」，與「霧」意象相仿，這其中，主人公同樣也以夢、影的方式，迂回搜尋。

　　秋已離去。

　　秋已離去，哦！是如此深邃，
　　一如紫色的耳語失蹤；
　　秋已離去，是的，留不住的，
　　小黃花的夢幻涼涼的。[47]

　　　　　　　　　　　　　　（〈秋的離去〉）

　　詩人所難忘的「笑意」，「揚起」又「隱去」，構成詩歌的意
旨。詩篇中以三次對「秋已離去」的反覆，造成回環效果。「蘆
葦」、「鷗鷺」、「小黃花」鑲嵌在詩句中，與「秋的離去」形成
張弛關係，正如「緩緩的踟躕」與「紫色的耳語失蹤」之間的比
照。詩人楊牧保留的畫面，在離去的重複中，煙消雲散。其中，頗
具聲音效果的是兩個嘆詞的使用，「哎」表示惋惜，放在句首，語
音短促簡潔，呼應了「秋已離去」的匆忙；而「哦」表示挽留，放
在句中，語音被拉長，顯得低淺深沉，拖延了難舍的心境。
　　歸來與離去的回環空間結構，潛藏著關於有與無的深度探索，
又由此生發出楊牧對於生與死的理解，「帶向最後一條河流的涉
渡，歌漫向／審判的祭壇，令人向西方逸去／當小麥守城，他們歸

---

[47]　楊牧：《楊牧詩集 I》，〈秋的離去〉，第4頁。

來，對著炬火祈禱／你躡足通過甬道，煉獄的黑巾，啊死亡！」[48]
一方面，如死亡般恐怖的深淵，是不斷複現的黑暗意識，「深淵上
下一片黑暗，空虛，他貫注超越的／創造力，一種精確的表達方
式」[49]，而「虛無的陳述在我們傾聽之際音貝／拔高，現在它喧嘩
齊下注入黑暗」[50]，另一方面，他又是反對虛無的，認為真正的空
虛和虛無是不存在的，在空洞的黑暗世界中恰恰能夠獲得永生的力
量。一九七〇年，對於詩人而言是特殊的一年。在那一年，他離開
柏克萊，前往馬薩諸薩州教書，之後數年，楊牧的生活頗為動盪。
他三次返臺，一次遊歐，其他大部分時間又待在西雅圖。在漂泊的
生命歷程中，詩人寄文字為永恆的信念，似「瓶中稿」，「航海的
人有一種傳達消息的方式，據說是把要緊的話寫在紙上，密封在乾
燥的瓶子裡，擲之大洋，任其漂流，冀茫茫天地之間有人拾取，
碎其瓶，得其字，有所反應。」[51]將文字漂流出去，有人拾取並作
出反應，成為詩人對文字所期許的信念。對於「花」、「草」、
「樹」意象的處理，在楊牧的筆下，常常與文字一樣，也被賦予生
命的靈性，讓它們在生命與死亡的掙扎與幻滅中永生。一九七〇
年，詩人的作品〈猝不及防的花〉，將死亡的氣息鋪展開來：

---

[48] 楊牧：《楊牧詩集Ⅰ》〈給死亡〉，第318頁。
[49] 楊牧：《楊牧詩集Ⅲ》，〈蠹蝕——預言九九之變奏〉，第335頁。
[50] 楊牧：《楊牧詩集Ⅲ》，〈沙婆礑〉，第462頁。
[51] 楊牧：《楊牧詩集Ⅰ》，〈瓶中稿自序〉，第616頁。

一朵猝不及防的花
如歌地淒苦地
生長在黑暗的滂沱：
而歲月的屍體也終於結束了
以蝙蝠的翼，輪迴一般
遮蓋了秋林最後一場火災

悼亡的行列
自霜
和汽車笛中消滅
一顆垂亡的星
在南天林海處嘶叫

而終於也有些骨灰
這一捧送給寺院給他給佛給井給菩提
眼淚永生等等抽象的，給黃昏的鼓
其餘的猶疑用來容養一朵猝不及防的花。[52]

（〈猝不及防的花〉）

---

[52] 楊牧：《楊牧詩集Ⅰ》，〈猝不及防的花〉，第539頁。

「花」在傳統詩歌中象徵著美豔而短暫的生命，詩歌中同樣出現了「蝙蝠」和「星」意象，以映襯「猝不及防的花」，它們或消散、退卻，徒留骨灰。而楊牧以「一朵猝不及防的花」開篇，又以「其餘的猶疑用來容養一朵猝不及防的花」結尾，意象停駐於「花」中。重複這悽楚的畫面，通過回環的結構，伴以「汽車笛」、「嘶叫」聲和「黃昏的鼓」，為「花」的生命獻上宗教的挽歌，它綻放、又湮滅，淒美的欲要「容養」。詩人通過修飾性的定語，延長聲音的表達效果，「這一捧送給寺院給他給佛給井給菩提／眼淚永生等等抽象的，給黃昏的鼓」，以悲憫的情懷透過死亡理解生命，從而為死去的「花」贏得永生的意義。

事實上，楊牧關注虛，也是渴望從虛返回到實。在這個過程中追問無、發現無，最終回歸到永在，讓永在的力量佔據整個時空。關於此，詩人寫道，「月亮如何以自己循環的軌跡，全蝕／暗示人間一些離合的定律。而我們／在逆旅告別前夕還為彼此的方向／爭辯，為了加深昨夜激越黑暗中」，「別枝，合翅，純一的形象從有到無」[53]。與「月亮」的盈虧相似，「蛇」意象因為它自身性情的缺失，也被賦予了存在感。「蛇，是我經常提到。蛇在文學、思想史中總是充滿不同的解釋。我們從小就覺得它又可愛，又可怕。臺

---

[53]　楊牧：《楊牧詩集Ⅲ》，〈隄藬〉，第364頁。

灣甚至有很多毒蛇，但西雅圖這邊沒有碰到過毒蛇。《聖經》裡面也有蛇的故事，我們學西洋文學都知道蛇本身具有象徵意義。」[54]可見，在楊牧看來，「蛇」的變化性、毒性以及其在文化歷史中的內蘊，都成為吸引他不斷提及的核心要素。一九八八年，在詩人創作的〈蛇的練習三種〉中，集中突出了他所要表達的「蛇」意象，從詩歌外形的圖像效果來看，三組詩歌迂回曲折，恰如遊動的「蛇」。詩人反覆強調蛇孤寂、冰涼和蛻皮的脾性，然而，因為「蛇」本身並沒有熱度，生命的缺失，以追問的方式發現「蛇」內裡的缺失，「心境裡看見自己曾經怎樣／穿過晨煙和白鳥相呼的聲音／看見一片神魔飄逐的濕地／虛與實交錯拍擊」[55]：

> 她可能有一顆心（芒草搖搖頭
> 不置可否），若有，無非也是冷的
> 我追蹤她逸去的方向猜測
> 崖下，藤花，泉水
> 正午的陽光偶爾照滿卵石成堆
> 她便磊落盤坐，憂憤而灰心

---

[54] 翟月琴、楊牧：〈「文字是我們的信仰」：訪談詩人楊牧〉，第31頁。
[55] 楊牧：《楊牧詩集 III》，〈濕地〉，第478頁。

在無人知曉的地方她默默自責

這樣坐著，冰涼的軀體層層重疊

兀自不能激起死去的熱情，反而

覺悟頭下第若干節處，當知性與感性

衝突，似乎產生某種痙攣的現象——

天外適時飄到的春雨溫暖如前生未幹的淚

她必然有一顆心，必然曾經

有過，緊緊裹在斑斕的彩衣內跳動過

等待輪迴劫數，於可預知的世代

消融在苦膽左邊，彷彿不存在了

便盤坐卵石上憂憤自責。為什麼？

芒草搖搖頭不置可否[56]

（〈蛇二〉）

　　詩歌圍繞「蛇」意象展開，以「芒草」意象的回環，探討「蛇」與熱情的距離，一方面在肯定中拉近，另一方面又在否定中推遠，反覆掙紮著探看「蛇」的知性與感性。詩人將「她可能有一顆心」、「芒草搖搖頭不置可否」分別在開篇和結尾處被拆解成兩

---

[56] 楊牧：《楊牧詩集 III》，〈蛇的練習曲三種蛇二〉，第63頁。

種表達方式[57]，環繞構成詩歌的結構，從而深化了詩人對「蛇」處境的困惑，也表達了「蛇」自身的矛盾。「她便磊落盤坐，憂憤而灰心」、「這樣坐著，冰涼的軀體層層重疊」，「便盤坐卵石上憂憤自責。為什麼？」一方面，從女性的心理體驗出發，反覆使用人稱代詞「她」，感性與熱情本該是女人的天性，但在楊牧筆下，反而是化身「蛇」的「她」所缺失的，這種悖論所帶來的痛苦可謂呼之欲出[58]；另一方面，三句中，又分別提到「盤坐」或者「坐著」，強化了蛇幽閉孤居，暗自憂憤的心理缺失。詩人通過環形結構，以嫻熟的筆觸，將蛇黯然的神態以及苦楚的內心描摹了出來，「或許是心動也未可知，苔蘚／從石階背面領先憂鬱／而繁殖，蛇莓盤行穿過廢井／軲轆的地基，聚生在曩昔濕熱擁抱的／杜梨樹蔭裡」[59]，以此對抗著「冰涼的軀體」、「死去的熱情」，並在其中發現「一顆心」，一顆永在的心。

---

[57] 這種通過拆解句式和語詞的方式，在詩人楊牧的作品中，也極為普遍。比如他的詩歌〈霧與另我〉，第一節的首句「霧在樹林裡更衣，背對我」，在第二節的首句又變換為「那時，霧正在樹林裡更衣」；再比如〈以撒斥候〉中，「有機思考敲打無妄的鍵盤／如散彈槍答答答答響徹街底，叮／噹，天黑以前騰清。小城」，詩人常借用語言結構的變化性，打開音樂的空間。

[58] 感謝匿名審稿人提醒筆者對人稱代詞「她」的分析。

[59] 楊牧：《楊牧詩集 III》，〈心動〉，第398頁。

三　浮升：抽象的螺旋

　　儘管楊牧的作品裡，總是不乏樹葉（〈不知名的落葉喬
木〉）、花瓣的隕落（〈零落〉），這似乎意味著生命的下沉才是
其創作的常態。但顯然，詩人在〈禁忌的遊戲〉中也曾提到，「允
許我又在思索時間的問題了。『音樂』／你的左手按在五線譜上
說：『本來也只是／時間的藝術。還有空間的藝術呢／還有時間和
空間結合的？還有……』／還有時間和空間，和精神結合的／飛揚
上升的快樂。有時／我不能不面對一條／因新雨而充沛的河水／在
楓林和晚煙之後／在寧靜之前」[60]，詩人開始思考詩歌中的空間藝
術，它是一種「飛揚上升的快樂」。一九八六年以後，楊牧步入後
期創作階段。他不再局限於對自然界的觀照，而試圖獲取更為玄遠
的文字追求；他深入到思維內部的構造，而從語詞的豐富性中想像
詩歌的複雜抽象性。後期的作品，無論是在聲音，還是在意象上，
都越來越趨向於一種複雜的抽象，他試圖「打破韻律限制，實驗將
那些可用的因素搬一個方向，少用質詞，進一步要放棄對偶。以
便造成錯落呼應的節奏；我們必須為自由詩體創造新的可靠的音

---

[60]　楊牧：《楊牧詩集 II》，〈禁忌的遊戲2〉，第156頁。

樂。」[61]，楊牧詩歌中的意象之複雜，將感性與抽象，自然與存在交融在了一起。思維的密度，造成了詩質的密度，二者螺旋性的互動，成為詩人沉默中不斷結構性、抽象化的語詞結晶。正如他所提到的，「我的詩嘗試將人世間一切抽象的和具象的加以抽象化」，並且認為，「惟我們自己經營，認可的抽象結構是無窮盡的給出體；在這結構裡，所有的訊息不受限制，運作相生，綿綿互互。此之謂抽象超越。」[62]這是一種從時間轉向空間的思考，自時間的快慢緩急中足見空間感。在此基礎上，空間結構是思維運動的抽象形式，通常情況下，詩人在創造和重複空間結構的過程中獲得了一種思維模式，也就是說，「聲音是交流的媒介，可以隨意地創造和重複，而情感卻不能。這樣一種情況就決定了音調結構可以勝任符號的職能。」[63]

除卻「蛇」意象之外，詩人還涉及到大量的動物意象，其中包括「兔」、「蜻蜓」、「蝌蚪」、「蟬」、「雉」、「鷹」、「狼」、「介殼蟲」等等。詩人觀察它們的性情，賦予它們感知和理性的雙重體驗，最後將複雜的意緒和情感提升為一種抽象結構，「抽象的表現，既能運用於繪畫，也能運用於詩。因為，事物

[61] 楊牧：《一首詩的完成》，第155頁。
[62] 楊牧：《楊牧詩集III》，《完整的寓言後記》，第495頁。
[63] [美]蘇珊‧朗格（Susanne Katherina Langer），劉大基、付志強譯：《情感與形式》，北京：中國社會科學出版社，1986年版，第37頁。

本身便有一種抽象的特質。只是我們的觀念會認為：以抽象的語言表現抽象的感覺，其效果將遜於抽象的旋律之於音樂，抽象的線條之於繪畫。事實上，抽象也具有形象的性質，只是這種形象我們不能給它以確切的名稱。表現這種抽象的形象，是由外形的抽象性到內形的具象性；復由內在的具象還原於外在的抽象。從無物之中去發現其存在，然後將其發現物化於無。」[64]顯然，透過語言文字產生的音樂感能夠組合為抽象結構，而意象本身就是詩人思維的凝結，聲音與意象的融合充分體現出詩人思維的流動。楊牧創造出螺旋式的浮升體驗，正如詩篇〈介殼蟲〉中，詩人緩緩挪步，又停駐洞悉著「小灰蛾」與頭頂的鐘聲，顯現出生命的掙紮與渴望：「小灰蛾還在土壤上下強持／忍耐前生最後一階段，蛻變前／殘存的流言：街衢盡頭／突兀三兩座病黃的山巒——／我駐足，聽到鐘聲成排越過／頭頂飛去又被一一震回」[65]，又將視線凝聚於圓形狀貌環繞著以貼近與物件之間的距離：「我把腳步放慢，聽餘韻穿過／三角旗搖動得顏彩。他們左右／奔跑，前方是將熄未熄的日照／一個忽然止步，彎腰看地上／其他男孩都跟著，相繼蹲下／圍成一圈，屏息」[66]一方面「穿過」、「搖動」屬於橫向運動，另一方面「彎腰」、「蹲下」又屬於縱向運動，詩篇在「圍成圓圈」處停頓，清

64　覃子豪：《覃子豪詩選》，香港：文藝風出版社，1987年版，第122頁。

65　楊牧：《介殼蟲》，〈介殼蟲〉，臺北：洪範書店，2006年版，第77頁。

66　楊牧：《介殼蟲》，〈介殼蟲〉，第78-79頁。

晰地呈現出螺旋的空間結構。同時，「屏息」一詞的出現，則是調整呼吸，渴望從左往右、再從向下往向上推進思維過程。可以說，在〈介殼蟲〉中，螺旋狀的浮升結構根植於詩人楊牧的思維空間中，以至於分行或者停歇處都精准地對焦補充式結構的趨向動詞（「蹲下」、「震回」）或者方位名詞（「左右」），以展現思維結構的生成。在二〇〇四年創作的〈蜻蜓〉中，這一抽象結構表現得尤為典型：

> 那是前生一再錯過的信號，確定
> 且看她在無聲的靜脈管裡流轉
> 惟有情的守望者解識
> 於秋葉扶桑，網狀的纖維：
> 如英雄冒險的行跡，歸來的路線
> 在同一層次的神經系統裡重疊
> 分屬古代與現在。綿密的
> 矩矱空間讓我們以時間計量
> 緊貼著記憶，通過明暗的刻度
> 發現你屏息在水上閃閃發光
>
> 亢奮的血色防佛是腥臊，豐腴
> 而透明，滿天星斗凝聚俄頃的

冷焰將她照亮，掃描：
點綴雁蹼和蠶足的假像，且逆風
抵制一閃即逝的鵝黃鸚鵡綠
在我視線反射的對角
遙遠的夢魂一晌棲遲
陡削不可厘降，失而
復得，我的眼睛透過瞬息
變化的光譜看見她肖屬正紅

還有比你更深不可測的
是那淺淺細且纖薄的翼，何均勻
一至於此已接近虛無
想像那翻飛之姿怎樣屢次以本能
將它對準風向調整，左右
平舉：在靉靆雲影間導致一己
空有感性的條狀軀猶不勝其力
忘情互動，將單一
於盤旋反覆之際繁殖成功為多數
並且，全自動滑翔高過新犁的耕地

比蜉蝣更親，比孑孓更短暫，屈伸

　　自如且溫柔無比，

　　水光浮動，斜視我前足緊抓

　　她張開的翅，口器咬嚙後頸寒戰

　　不已：尾椎延伸下垂至極限

　　遂前勾如一彎新月，凌空比對

　　精准且深入，直到無上的

　　均衡確定獲取於密閉的大氣——

　　靜止，如失速的行星二度撞擊

　　有彩虹照亮遠山前景的小雨[67]

（〈蜻蜓〉）

　　詩歌從「蜻蜓」的不同飛翔姿勢打開了書寫視角，整首詩歌的節奏在思辨中顯得穩健、平緩、綿密和緊致。第一節抓住了「蜻蜓」在水上屏息的瞬間，「發現你屏息在水上閃閃發光」，一方面詩人以觀者的姿態，頗有距離地觀照天地之間的生物；另一方面，詩人在「我」與「她」的人稱變換中，通過物的投射達成對自我的反思。詩人視其為一種信號，它傳達出的空間意識，互入詩人後期的創作追求中，而「矩矱空間讓我們以時間計量」，於是，那種浮滄海於一瞬的記憶永恆再次光臨，它暗示了詩人想要抽象

---

[67] 楊牧：《楊牧詩集Ⅲ》，〈蜻蜓〉，第470頁。

出的實體。語句的停頓多集中在詩行的中間部分，顯得相對平整、勻稱。第二節，「變化的光譜看見她肖屬正紅」，在這一節中，物我交相呼應，通過描摹天地間與我對視中的「蜻蜓」，置「蜻蜓」於靜止處，由此延緩了詩歌的速度。此處，詩人表達了一種意圖，即變化。這也是楊牧一如既往所追求的創作態度，文字只有在變化中才能繼續存在，「變不是一件容易的事，然而不變即是死亡，變是一種痛苦的經驗，但痛苦也是生命的真實。」[68]詩人通過變化尋找著不同的視點，以創作主體的變化豐富生命的真實。詩歌中多次錯開位置，採用變化的句式，拆解了「豐腴─而透明」、「失而─復得」，通過轉折詞「而」，使得停頓先後置、再前移，通過語義轉折提升語言的空隙感，詩體也顯得曲折螺旋。第三節，「平舉：在靉靆雲影間導致一己」，變換「蜻蜓」的姿勢，將上升的過程凸顯了出來。而除了上文中所談到的虛無外，楊牧還渴望在平衡中獲得盤旋的上升。第四節「比蜉蝣更親，比孑孓更短暫，屈伸」，將詩歌推向極限化的表達，從虛無走向了無限。「遂前勾如一彎新月，凌空比對／精准且深入，直到無上的／均衡確定獲取於密閉的大氣──」，詩人將動詞「屈伸」、「緊抓」、「寒戰」、「深入」、「靜止」、「撞擊」隔離而出。在濃密的詩行中，使得動詞懸浮、凝固。而從天空深入到大氣的追求，「靜止，如失速的行星

68　楊牧：《年輪》，臺北：洪範書店，1982年版，第177頁。

二度撞擊／有彩虹照亮遠山前景的小雨」，靜止的畫面與思辨的意識，在音樂性上達成了統一，也可以說，透過幾個動詞的停頓、分行，構成動態與靜態的交融，使得聲音與意象形成契合、補充乃至彌合。「蜻蜓」作為一種意象，隱喻了楊牧後期創作的空間意識轉換。詩人楊牧渴望著螺旋式的抽象，以抵達思維在上升中的快感。這種抽象性與詩人早期的創作不同，也就是說，詩歌的速度不再是通過抑制以抵消加速度，詩人也不再選擇回環的複遝模式，而是以緊緻的語句，在形式上完成思辨性，以獲得一種更為恒久的哲學思考，「但是哲學的思考，要把它講出來，而不是總是重複情節，唯一的辦法就是抽象化。把這種波瀾用抽象的方式表現出來成為一種思維的體系。我一直以為抽象是比較長遠、普遍的。」[69]

結語

　　詩人楊牧將其詩作分為三個不同的創作階段，分別是早期（一九五六－一九七四）、中期（一九七四－一九八五）和後期（一九八六－二〇〇六），儘管三個階段的聲音從清麗、閒淡到思辨，從疾速、平緩到艱澀，可謂變化多端。但對楊牧的詩歌做一整體的概說並非本文的目的，筆者更致力於探索他在聲音與意象關係的推進

---

[69]　翟月琴，楊牧：〈「文字是我們的信仰」：訪談詩人楊牧〉，第31頁。

和思考。一方面通過大量的文本印證了上述三個層面在楊牧詩作中具有相當的普遍性；另一方面，又發現早中期與後期創作所存在的顯著差異——在早中期階段，詩人多使用韻、頓以挽留意象的畫面感實現永在的精神追求，並深化出回環的音樂結構獲得生命和性情的完滿；在後期創作階段，詩人廣涉「兔」、「蜻蜓」、「蝌蚪」、「蟬」、「雉」、「鷹」、「狼」、「介殼蟲」等動物意象，由此發展出螺旋上升的結構模式，以抵達思維的抽象豐富性。關於後期的創作傾向，是楊牧在聲音與意象關係方面作出的更為深層次的空間結構探索，他曾在《隱喻與實現》詩集的序言中提到，「文學思考的核心，或甚至在它的邊緣，以及外延縱橫分割各個象限裡，為我們最密切關注，追縱的物件是隱喻（metaphor），一種生長原象，一種結構，無窮的想像。」[70]詩人在結構中尋找著隱喻的實現可能。這種結構，在某種意義上，就是節奏。「詩人以堅實的想像力召喚形象於無形，以文字，音律，語調，姿態，鐫刻心物描摹的剎那。對此過程，楊牧的嫻熟把握，是不容置疑的。」[71]在不同的創作階段，臺灣詩人楊牧都始終堅持實踐著對於詩歌聲音的追求，這種實踐，將詩人的創作推向了少數的無限。正如希尼所云，「找到了一個音調的意思是你可以把自己的感情訴諸自己的語言，

---

[70] 楊牧：《隱喻與實現》，臺北：洪範書店，2001年版，第1頁。

[71] 奚密：〈抒情的雙簧管：楊牧近作涉事〉，臺灣：《中外文學》31.8，2003年版，第216頁。

而且你的語言具有你對它們的感覺；我認為它甚至也可以不是一個
比喻，因為一個詩的音調也許與詩人的自然音調有著極其密切的關
係，這自然音調即他所聽到的他正在寫著的詩行中的理想發言者的
聲音。」[72]就這點而言，楊牧準確地抓住每一個音調，填補了個人
生命體驗與詩歌形式思考的縫隙，從躍動到緊致、從具象到抽象、
從單一到複雜，都為聲音與意象關係的探討提供了個案性的典範。

　　文中從押韻、跨行、停頓、空白、斷句、選詞、語調等語言特
質著手，探討了楊牧詩歌中的音樂的自覺和自律，即「所謂自律
詩，指的是形式自律，即每首詩的形式，都被這首詩自身的特定內
容和特定的表達所規定。」[73]。儘管這並不足以詳盡楊牧詩歌中聲
音的複雜和多變性，但本文的著力點仍然集中於詩人楊牧在處理不
同的意象時所呈現的聲音形式。正如論文引言中所述，研究詩歌的
聲音形式，常常將聲音從意義中割裂出來，進行語言學上的解析，
這種忽略語義功能的研究方式無疑是偏頗的。但同樣，過分地強調
附加於聲音形式之上的意義，而忽略了聲音物質形式的獨立價值，
也會陷入一種誤區。基於此，需要指出的是，聲音形式從來就不是
與意義相對立而靜止、孤立的存在著，聲音形式就是意義，而意義
也是永動的聲音形式。「詩是聲音和意義的合作，是兩者之間的妥

---

[72] [愛爾蘭]西默斯·希尼（Seamus Heaney），吳德安等譯：《希尼詩文
集》，北京：作家出版社，2001年版，第255頁。

[73] 張遠山：《漢語的奇跡》，昆明：雲南人民出版社，2002年版，第128頁。

協」[74]，聲音總是帶著生命的體溫，綿延運動在詩歌發展的歷史中，不斷地被賦予新的歷史和美學意義，又反向推動聲音形式的演進。

事實上，最初某種韻律模式的生成並非與意象的聯想構成關係，但經過一段時間的廣泛傳播，這種與意象相互勾連的韻律形式便固定了下來，逐漸形成一種聲音習慣[75]。就這個角度而言，詩歌形式的發生，並不完全依賴於詩人，它還接續了原型所蘊含的集體無意識，原型在詩歌中主要就是「典型的即反覆出現的意象」，它「把一首詩同別的詩聯繫起來從而有助於我們把文學的經驗統一為一個整體。」[76]詩歌意象就是具備這樣的感召力，它能夠挖掘出形式生成的傳統依據。但筆者一方面並不認為聲音受意象的嚴格規定，因為隨著時代的變遷，意象被賦予新的內涵，而節奏韻律的複雜多變性也遠遠超出了可預計的範疇，正因為此，才更彰顯出詩人的語言創造力；另一方面也並不認為二者在對應關係上一定是

---

[74] [法]瓦萊裡（Paul Valery）：《論純詩（之一）》，見葛雷、梁棟譯：《瓦萊裡全集》，北京：中國文學出版社，2002年版，第306頁。

[75] 關於語義聯想所形成的聲音習慣研究，俄羅斯學者加斯帕羅夫曾在專著《俄國詩史概述‧格律、節奏、韻腳、詩節》（1984）中，採用統計學方法，分析了俄國六個歷史階段運用的格律、節奏、押韻和詩節等形式，探討了每一個時期佔據主導地位的韻律形式及其與之相關的主題。此研究的相關介紹可參看黃玫的著作《韻律與意義：20世紀俄羅斯詩學理論研究》，北京：人民出版社，2005年版，第99頁。

[76] [加拿大]諾思羅普‧弗萊（Northrop Frye）著，陳慧、袁憲軍等譯：《批評的解剖》，天津：百花文藝出版社，2006年版，第98頁。

和諧統一的，有時聲音甚至是反意象的。但反意象也是聲音的另外一種存在方式，正如詩人顧城說到的，「不斷地有這種聲音到一個畫面裡去，這個畫面就破壞了，產生新的聲音。」[77]但二者無論是促進或者抑制，都在反觀聲音的語義層面上具有宏觀的研究價值。基於此，「所有的形式環境，無論是穩定的還是遊移不定的，都會產生出它們自己的不同類型的社會結構：生活方式、語彙和意識形態。」[78]對於頻繁出現於漢語新詩中意象所蘊含的相對穩固的語義功能，與語音、語法、辭章結構、語調等變化多端的聲音特徵之間存在著不可忽視的關係，而就目前的研究而言，仍然是較為缺失的一環。但顯然，對於二者關係的分析，已經成為當下漢語新詩必須面對的重要詩學問題，關於此，筆者也將另撰文做一詳盡的分析[79]。

---

[77] 顧城：《顧城散文選集》，天津：百花文藝出版社，1993年版，第227頁。

[78] [法]福永西著，陳平譯：《形式的生命》，北京：北京大學出版社，2011年版，第62頁。

[79] 筆者論著〈一九八○年代以來漢語新詩的聲音研究〉（臺灣：花木蘭文化出版社，2015年版）的第四章「聲音的意象顯現」，選取一九八○年代以來漢語新詩常見的四個意象，包括「太陽」、「鳥」、「大海」和「城」，著重分析與意象互動關係中的聲音（語音、語調、辭章結構和語法等所產生的音樂效果）特徵。通過大量的文本細讀，將聲音在意象中的顯現總結為「同聲相求的句式——以太陽意象為中心」、「升騰的語調——以鳥及其衍生意象為中心」、「變奏的曲式——以大海意象為中心」和「破碎無序的辭章——以城及其標誌意象為中心」，力求呈現四個意象中的聲音特點。

陳黎：「奇妙的獨聲合唱」

那是因為你的缺席在我的心留下的
巨大的洞穴
那是因為這個被道德、禮教封鎖的城市
只准許我對自己歌唱
他們遂聽到奇妙的獨聲合唱

在夜裡：
我和我的回音

——陳黎：《十四行》

引言

　　陳黎出生於一九五四年，臺灣花蓮人。他的創作，始於二十世紀七〇年代，迄今為止已出版了包括《廟前》、《動物搖籃曲》、《小丑畢費的戀歌》、《家庭之旅》、《小宇宙：現代俳句一〇〇首》、《島嶼邊緣》、《貓對鏡》、《苦惱與自由的平均律》等在內的一四部詩集。長達四十餘年的詩歌創作生涯裡，《腹語課》、《戰爭交響曲》或是《不捲舌運動》等音像詩，堪稱詩歌語言形式出奇制勝的典範，而他憑藉語詞的音響效果構築的詩王國，被譽為「令人歎為觀止的特技表演」[1]，亦被奉為「不可思議的『新詩學』」[2]。

　　詩人聚焦於漢語迸發奇思妙想，也展現出無所不能入詩的奇特景觀。無論是城市街道、歷史古跡、宗教文明、神話故事、日常生活，還是工具書、旅遊志、新聞報導、音樂戲劇、語言文字，都可以成為他寫作的物件。在陳黎看來，詩人最難能可貴的就是「變」

---

[1]　奚密：《世紀末的滑翔練習——陳黎的〈貓對鏡〉》，陳黎：《陳黎詩集 II：1993-2006》，臺北：書林出版有限公司，2014年版，第389頁。

[2]　賴芳伶：《那越過春日海上傳來的音波……——讀陳黎詩集〈苦惱與自由的平均律〉》，陳黎：《陳黎詩集 II：1993-2006》，臺北：書林出版有限公司，2014年版，第400頁。

的創作心態，這也許與臺灣現代主義詩歌運動努力的方向有關，求新求奇幾乎是詩人們達成的共識，「『現代詩選』也好，『七十年代詩選』也好，唯一的選擇標準，應該是堅實的嶄新的創作」[3]。當然，摸索新的創作路向，以變求突破，以變向自我發起挑戰，也是陳黎一以貫之的創作心態，對其影響頗多的臺灣詩人楊牧就說過：「變不是一件容易的事，然而不變即是死亡，變是一種痛苦的經驗，但痛苦也是生命的真實。」[4]

正是因為豐富的變化，讀陳黎的詩，有如欣賞一部戲劇，帶給讀者全新的閱讀體驗。張芬齡好似看到「世界如充滿戲劇性場景的劇場」[5]，賴芳伶更是發覺「虛實並陳的詩篇內外，既任由詩人，也歡迎讀者來去自如，因而形成某種互相展演、彼此融涉的戲劇性」[6]。對於接觸陳黎詩歌的大陸讀者而言，更是感到新奇，王家新甚至說：「他早期的代表作《動物搖籃曲》（一九七七）、《在一個被連續地震所驚嚇的城市》（一九七八），今天讀來仍覺得新

---

[3] 余光中：《現代詩第一——致現代詩同輩的老兵們》，《創世紀》第26期。

[4] 楊牧，《年輪》，臺北：洪範書店，1982年版，第177頁。

[5] 張芬齡：《地上的戀歌——陳黎詩集〈動物搖籃曲〉試論》，王威智編：《在想像與現實間的走索——陳黎作品評論集》，臺北：書林出版有限公司，1999年版，第48頁。

[6] 賴芳伶：《那越過春日海上傳來的音波……——讀陳黎詩集〈苦惱與自由的平均律〉》，陳黎：《陳黎詩集 II：1993-2006》，臺北：書林出版有限公司，2014年版，第406頁。

鮮，並令人驚異於他的早慧和才賦（我不能不驚異，因為在那個時候，我們還在寫郭小川式的詩呢）。」[7]

陳黎從選材題旨到形式革新，都堪稱奇妙。其中音樂結構的變化與創造，包括對於歌劇、民謠、民歌等的調用，主要源自於本土與異域調式、傳統與現代樂曲、語言與文字的音效之間的相互糅合與轉換。透過翻譯、閱讀，他汲取了葉慈（1865-1939）、里爾克（1875-1926）、聶魯達（1904-1973）、辛波絲卡（1923-2012）、普拉斯（1932-1963）等西方詩人的創作資源，也受到艾青（1910-1996）、何其芳（1912-1977）、商禽（1930-2010）、瘂弦（1932-）、葉維廉（1937-）、方旗（1937-）、方莘（1939-）、楊牧（1940-）等詩人的影響，陳黎不斷突破、不斷更迭觀念與創作，摸索新的詩歌題材與形式，無疑為詩歌傳統輸入了新鮮的血液。借用陳黎的詩篇《十四行》裡「奇妙的獨聲合唱」一詞，既道出陳黎詩歌的特點，亦彰顯出詩人立足多元文化的選擇、革新與創見。

[7] 王家新：《陳黎，作為譯者的詩人》，《新詩評論》，謝冕、孫玉石、洪子誠編：《新詩評論》總第十九輯，北京：北京大學出版社，2015年版，第239頁。

一　本土與異域的神奇調式

　　二十世紀七〇年代以來，陳黎接觸了不同風格的詩歌或音樂，成為其創作靈感的重要來源。他不僅受日本俳句啟發，先後寫了與匈牙利作曲家巴爾托克樂曲同名的兩百六十六首《小宇宙》「現代」俳句等微型詩歌，還透過安魂曲的調式寫下《最後的王木七》這樣的敘事長詩。另外，他的詩作《慢板》、《小夜曲》、《小詠歎調》、《四重奏》等，皆借用了西方的音樂調式。陳黎巧妙地借鑒異域的音樂形式書寫本地發生的歷史事件和本地人的思緒情感，透過異域的歌調譜寫風土人情，堪稱本土與異域文化交織出的神奇的調式，從而開拓出了一條介於臺灣現代主義詩歌運動以來所提倡的「橫的移植」與「縱的繼承」之間的路向。

　　一九八〇年，陳黎完成的敘事長詩《最後的王木七》最具代表性，可謂一首令人驚駭、肅穆的安魂曲[8]。《安魂曲》背後的傳

---

[8]　安魂曲屬於彌撒曲的分支，是羅馬天主教超度亡靈的彌撒。以音樂的形式為亡靈超度，使得亡者得到永恆的安息。莫札特的《安魂曲》，創作始末都頗具戲劇色彩。一位神秘的黑衣人找到莫札特，要求他寫作《安魂曲》。那時，莫札特已身患疾病。創作至一半時，正值情到深處的莫札特，卻不幸與世長辭，為後世留下了一個難解謎題。這首充滿咒語的《安魂曲》，更像是生者與死者在音樂裡的對話，生者逐漸抵近亡者的靈魂，死者又不斷地召喚生者。最終，死者超度而生者離世，無往不復、生死相

奇，啟發了詩人陳黎。他借用《安魂曲》調式，為臺灣的一則新聞報導重新譜曲，悲亢而靜穆地歌唱出罹難礦工的心語。整個寫作過程，猶如與亡者的神奇交匯，被詩人稱為「下筆有鬼神」，凸顯出陳黎早期創作的突破。

一九八〇年三月二十一日，瑞芳永安煤礦四腳亭楓仔瀨路分坑湧水釀成近年來最大的礦難，除卻坑內工作的十餘人迅疾逃出外，其餘包括王木七在內的三十四人皆葬身坑底。直至五月十日，長達七十日的救援工作之後，僅發現一具礦工右三片的屍體（本已逃出的右三片，因為回轉呼告工友而最終喪生）。陳黎一直關注著這場令人痛心的災難，那些亡靈的聲音在耳畔響起。同時，因為翻譯、閱讀智利詩人聶魯達詩作《馬祖匹祖高地》的緣故，「死亡與再生」、「壓迫與升起」的主題反覆出現，總是引導詩人回到事故現場，驅使他為遭遇厄運的礦工們譜寫一首安魂曲。[9] 詩篇開始於「我們」的合唱：

> 七十日了
> 我們死守在深邃的黑暗
> 聆聽煤層與水的對話

續。莫札特的絕筆之作《安魂曲》，是為他人安魂，也是為自己安魂。

[9] 關於《最後的王木七》創作談，可參看陳黎、陳強華：《陳黎談詩》，《長廊詩刊》第九號，1982年5月。

周而復始的闃靜如錄音帶永恆

鉅細靡遺地播回我們的呼吸

玫瑰在唇間

蟲蛆在肩頭

偶然闖入的螢火叫我想起

來時的晨星

基隆河蜿蜿蜒蜒

四腳亭的楓樹寒冷如霜

　　「七十日了／我們死守在深邃的黑暗」，詩歌以合唱的形式拉開序幕，沉重、陰鬱而黑暗的色調撲面而來，如渾厚的男低音齊聲訴說著悲慘的遭遇。在七十日搜救的過程中，假設「我們」依然活著，至少是在生命的彌留之際，「死守」那最後的一線生機。「我們」歌唱的音調舒緩、低沉，整體帶給人幽靜肅穆的氛圍：動詞「聆」與「聽」連用，表示側耳細聽；動詞「播」與「回」連用，表現呼吸的氣息顯得迴旋曲折；以副詞「偶然」修飾動詞「闖入」，又削弱了橫衝直撞的力度，變得輕巧靈活。然而，穿過看似平靜的表象，卻是心理反覆激盪的浪濤聲，是「我們」不安的情緒。在瀕臨死亡絕境、在等待生還時機之際，外部環境與內在心理形成強烈的對比，極具反差效果，譬如「對話」與「闃靜」、「聆聽」與「播回」、「黑暗」與「螢火」、「玫瑰」與「蟲蛆」、溫

熱的「呼吸」與寒冷的「楓樹」並置，使得動與靜、暗與光、香與臭、熱與寒的參差對照呼之欲出。這對比的語詞組合、這神奇的音調變幻，正是礦工們彼時騷動的心境寫照，更是面對死亡又拚命求生的內心迴響。

詩人逐漸將「合唱」推向高潮，不斷渲染著內心的恐懼感。兩個主語「我們」（「我們如是溫暖地沉浸在偉大的／地質學裡」）、「我們的心」（「我們的心跳漸次臣服於／喧囂的馬達」），從整體到局部，逐漸縮小範圍。這時，外界轟鳴的聲音呼嘯而過，全然淹沒了薄弱的呼吸聲，歌唱著高亢、悲憫的的音調。三個名詞並置，「鐵鏟，煤車，炸藥」堆砌出冷色調的世界，「白夜，黑夜／黑夜，白夜」表示時間乏味而無休止的反覆。正是在那一瞬間，從「合唱」的共鳴聲裡，好像聽到了有關「永恆」的聲音，它超越了現實、超越了現世，讓疲於奔命的生者以不合時宜的審美眼光環視周圍曾被忽略的一切。更為重要的是，又提醒每一個人，在接近死亡的瞬息，感覺到自我的存在，似「在『天人合一』最高原則指導下的中國」，「看到的是一種比較趨於沉寂、圓融、靜觀自得的生命情調」，將「瞬間美學」[10]發揮得淋漓盡致，以至

---

[10] 葉維廉在《尋找確切的詩：現代主義的Lyric、瞬間美學與我》（吳思敬主編：《詩探索》第3輯理論卷，桂林：灕江出版社2013年版，第13-14頁。）中提到「瞬間美學」，即「在這異常的狀態中，形象（意象、象徵）極其突出顯著，在一個與日常生活有別的空間裡，戲劇化地演現，因

於竟然讓主人公忘卻生死攸關的現實，反而沉浸於一片渾然不覺的
「自戀」狀態裡。於是，詩人將集體的歌唱交托於王木七，由他
「獨聲」而唱：

> 在全然的自戀當中
> 我驚訝地聽到有人叫喚我的名字
> 跟著鐃鈸，鐘磬，木魚，啜泣
> 「木七！木七！」
> 「木七啊！木七！」
>
> 你問我那一聲突然爆起的巨響嗎？
> 十一點四十分
> 大地哭她久別重逢的嬰兒
> 淚水引發一千萬水暴的馬匹
> 瘋狂地救馳，追逐我
> 在曲折濕黏的坑道
> 踢倒拖籃
> 踢倒木架

為不受制於序次的實踐，序次的邏輯切斷或被隱藏起來，而打開一個待讀
者做多次移入、接觸、重新思索的空間；詩的演進則利用覆疊與遞增，或
來來回回地迂迴推進。」

　　在我們還來不及辨認的時候

　　群嘯而過；

　　我看到它踐踏過萬來的肩胛

　　我看到它踐踏過阿馨的肩胛

　　而我們甚至不敢逃跑

　　當我們發現更多的馬匹自四面八方湧來

　　啃噬我們眼鼻

　　吞噬我們的手腳……

（《最後的王木七》）

　　先是嵌入女高音哀怨的呼喚，只聽見妻子連續喊著「木七」的名字，鐃鈸聲、鐘磬聲、木魚聲，夾雜著啜泣聲，如同招魂一般，渴望聽見丈夫的回應。緊接著，王木七似乎因為接收到召喚的訊號而格外急切、焦躁。在這樣的情緒驅使下，王木七以男高音歌唱，更是顯現地格外激越、悲慟乃至絕望。可以想見，王木七卒時方才五十一歲，卻留下了寡妻一人和未成年子女六男一女，這對於一個家庭自當是無法想像的劫難。而詩人多次採用相同的句式、短語，將音樂以快板的形式推進，譬如「踢倒……」、「我看到……」、「啃噬／吞噬……」，意味著災難來勢洶洶，令人猝不及防。抒情的曼妙（「在深邃亮麗的黑暗裡／我們的夢／是更深邃亮麗的黑暗／閃爍的地圖／永遠的國」）、敘事的勻速（「俞添登／第一個從

右三片跑出來叫我們的俞添登」）、場景的鋪排（「垂死的廢流，
黑色階梯」、「嗚咽的月亮，黑色的銅鏡」），交替著將安魂曲的
音調從激昂向舒緩過渡，既碎片式地交代了事情發生的原委、經
過，又逐漸讓主人公躁動不安的靈魂得以安寧。

　　全詩結尾處，詩人以書信的方式，在緩和的節奏裡完成了安魂
曲。這種慢下來的音調，寓意亡者已經接受了死亡的事實。在交代
身後事時，王木七了卻心願，最終得以超度。超度的過程中，娓娓
道來的聲線，優美而動人。王木七想像著與妻子、兒女未來的生活
場景：「客廳在前頭／廚房在後棟／二樓，三樓是我六個女兒的臥
室」。也因為死亡，他告慰自己新的生活即將開始：「不必是／清
晨五點出門的王木七了！」同樣，他也回憶著自己青少年時的生活
場景：「當，一個九歲的小孩／我在睡夢中看到黑臉的父親從礦地
回來／一語不發地毆打我的母親」。記憶與現實，過去與未來的拼
接，戲劇化地體現了王木七在生命最後一刻的心境。我們知道，他
為妻兒留下的書信，也是一封炙熱而痛心的遺書。「二十二日你
從馬祖打回的電報／我收到了。電視上播報的王木七的確就是爸
爸」，事發第二天（三月二十一日），報導了一位元誤報名的礦工
「王土木」罹難，正在馬祖服役的王木七的長子拍回電報問詢：
「父是否安康，來信告知」。詩人反而透過這場誤會，勾連出電
報、家書的文體樣式，作為傳遞情思的介質。當死亡降臨時，王木
七附上這封寫給妻兒的信：

陳滿吾妻：別後無訊

前次著涼都痊癒了嗎？

在這麼黑急的雨夜，我如何想像

疲乏的你，立在窗前

愁不能眠地回顧剛剛入睡的

我們的女兒

彷彿是一萬年前的愛情了

我看到幼小的你，結著一隻大蝴蝶

跑到我們泥濘的礦區玩耍，

然後是羞怯、高大的你，

然後是你憤怒的父親嚴厲的

雙眼：

「礦工的孩子?!」

是的，礦工的

孩子……

　　陳黎收放自如地實現了「我們」到「我」再到「我們」的轉
換。一場事件的發生，陷入黑暗隧道的礦工們意識到這個群體所面
臨的災難。而後，王木七作為其中的一員，逐漸疏離集體的聲音，
開始感受到自我的存在。最後，王木七寫給小家庭的信件，又將他

推回礦工們當中去，反思當下的困境而憂慮「礦工」的未來。這種「單數」與「複數」的關係，昭示出微觀與宏觀，歷史與當下的相互轉換，恰如奚密所言：「陳黎強調的是人類在事件、歷史中所扮演的（局限的）角色，以宏觀的角度解構『個人』的虛幻。當存在之本質是『賡續』、『重複』時，所謂的『我』總已是『我們』」[11]。王木七以書信的形式落筆，猶如莫札特的絕筆《落淚之日》，來自於一位丈夫、父親的男低音柔和地敘述兒女情長，轉而變調為一聲震怒的男高音，在為自己送上彌撒曲時，也粗暴地發出對於「礦工」身分的質疑，令人警醒。

二 傳統與現代的奇特樂曲

陳黎總是能從傳統的民間樂曲裡獲得創作靈感，透過歷史遺留的音調唱腔，糅合現代的情感生活而重新編排，別有一番特色。最有代表性的就是他的《木魚書》。在廣東流行一種說唱文學，因為以木魚擊節，被稱為木魚歌，又叫摸魚歌。木魚歌屬於中國南方彈詞系統，起源於明代末年而後昌盛於清代。最初的木魚歌以口耳相傳，即興編唱，直到後來曲詞才被記錄下來刻印傳唱，這些唱本就是

---

[11] 奚密：《從現代到當代 —— 從米羅的〈吠月的犬〉談起》，王威智編：《在想像與現實間的走索 —— 陳黎作品評論集》，臺北：書林出版有限公司1999年版，第118頁。

木魚書。木魚書以粵語創作，韻白夾雜又通俗易懂。在詩歌《木魚書》的開頭，陳黎改編了一首廣東南音之經典作品《客途秋恨》：

> 這是我客居此地第七個秋天
> 涼風有信，秋颱無情
> 思念你的情緒，好比那被水淹的
> 捷運系統，有車難發
> 寸步難行
> 我擱淺在比這個城市積水更深的
> 對往事的追憶裡
> 想像你睇斜陽照住你窗前一對凱蒂貓
> 我獨依電腦桌思悄然
> 耳畔聽得剛剛設定的手機新款鈴聲
> 鶯鶯響起，又只見電視走馬燈打出
> 機場封閉，陸空交通全斷字樣
> 觸更添愁，惱怒懷人

（《木魚書》）

南音在木魚、龍舟的基礎上汲取南詞曲調衍生而出。南音格外講究句式結構、音調曲律，故而更富有音樂性。陳黎選擇這樣一首耳熟能詳的南音，藉普通話當代口語與粵語原作文本的交迭，將

唱詞改編，讀來朗朗上口。先是一句「這是我客居此地第七個秋天」，語調平緩自然，以念白開場，像是說書人講故事。而後，在演唱時主要以揚琴伴奏，另配有琵琶、古箏、二胡、三弦等樂器。其中，現代交通工具的出現，以「秋颱無情」替換「秋月無邊」、以「思念你的情緒，好比那被水淹的／捷運系統」更換「思嬌情緒好比度日如年」、以「有車難發／寸步難行」替代「今日天隔一方難見面」，小生貪戀青樓女子的場景搖身一變，變為現代都市男女在車站別離的情境。同時，原先「你睇斜陽罩住個對雙飛燕，獨倚蓬窗思悄然」被拆解、改裝為「我擱淺在比這個城市積水更深的／對往事的追憶裡／想像你睇斜陽照住你窗前一對凱蒂貓／我獨依電腦桌思悄然」，本來斜陽裡苦情的舊式蒼涼調，因為「凱蒂貓」的出現，像是洗去了「悲」的色調，顯得溫暖動人。緊接著，一句「鶯鶯響起，又只見電視走馬燈打出／機場封閉，陸空交通全斷字樣／觸更添愁，惱怒懷人」有意顛覆古典意境，「耳畔聽得秋聲桐葉落，又只見平橋衰柳鎖寒煙。第一觸景更添情懊惱，虧你懷人愁對月華圓」，亦莊亦諧，妙趣橫生。

　　陳黎不單是借鑒古典的曲調創作現代題材，還舊戲重演促動現代人的思考。一九九八年，詩人作《留傘調》。留傘調作為臺灣的通俗曲調，廣見於民歌與歌仔戲中，因小戲《陳三五娘》中「益春留傘」的情節而得名。在詩篇中，舊戲復甦，黃五娘投荔枝傳情，官宦子弟陳三扮作磨鏡匠，故意打破黃家寶鏡而賣身為奴的一幕被

詩人重新演繹。詩人透過編排唱詞，舊調新唱，融合現代人的生活場景，而彌補傳統與現代文化的裂痕。詩人首先就戲中情境，代陳三發聲：「那荔枝誰投的？到我的／電腦桌前。開機，存入／成為不斷增長的檔案的／原初。那鏡子的意象是誰／設定的？反覆繁衍，映現」。

　　從生活入文本，從文本
　　又回到生活。我看你在
　　鏡前梳妝，香奈兒眼霜
　　克莉絲汀迪奧唇膏，萊雅
　　髮膠，伊莉莎白雅頓香水
　　我一遍一遍地墨鏡，磨
　　新的鏡子，為了再現完整
　　全新的你，我易燃打破
　　框住你的道德與習慣的
　　寶鏡，賣身為奴，一個
　　解構你看的方式的自由奴
　　透過鏡子我們閱讀列印
　　建構中的現代史，交媾的
　　肢體，狂喜的靈魂，苦惱
　　疑慮，甜蜜：抽象的荔枝

　　與七字調的留傘調不同，陳黎的詩句長短不一，變化多端，突出了留傘調根據故事情節自由發揮、即興演出的特點，顯得詼諧有趣。「鏡子」一詞環繞出現，其隱喻性正與陳三磨鏡的動作相契合。「鏡子」時常嵌入陳黎的詩中，勾連著「鏡裡」與「鏡外」的世界，「一天，鏡裡鏡外一切建構／也許終要沉入鏡底，不見蹤跡／那鏡子倒影，見證我們的存在」（《白鹿四疊──用邵主題》）在陳黎看來，「鏡子」首先是大海的托體，在海底蘊藏著被忽略、遺忘的歷史寶藏，它駁雜而又完整，可以發出迴響印照現實，「我站立的位置在閃亮的大海幽深的／鏡底，擱淺的歷史，溺斃的傳說？」其次，「鏡子」也影射著欲望，它潛藏於記憶的最深層，像是隱隱作祟的潛意識呼喚著遺落的傳統文化，「這個嫻靜如少女的小城需要一座溫柔／堅毅的燈塔，勃起於閃亮如鏡的海面／勃起於記憶驚醒的位置」（《花蓮港街一九三九》）。第三，「鏡子」又無處不在映照著萬事萬物，就好像《貓對鏡》裡的一枚螺絲釘、一位女子、一隻貓等等，但最終映照的是人類看不到或者不願看到的後腦勺。在《留傘調》的結尾，陳三與五娘的唱詞相對，正反照出「鏡子」內外兩位人物對唱的情境：

　　　　抽象荔枝的具體之樹，我
　　　　陳三們生生世世據以為

憑的感性道具，引你們

五娘們一次又一次重放

〈留傘調〉的遙控器：

陳三持傘要起身

益春留傘隨後面

我問三哥咿啊囉咿，我問三哥啥原因

也著啊對我啊對我說分明，哪哎唷的唷……

（《留傘調》）

　　陳三先是代群體發聲，「我們陳三們」和「你們五娘們」是相當現代的表達，如同一種回聲，回蕩著留傘調蘊藏的歷史記憶。而後又引出五娘的唱詞，傳統曲調反覆播放，既重播出一代又一代的文化傳承，又隨著時代變遷汲取新的質素，不斷「容納你的多變任性，我／的任性多變」。這是傳統必然要經歷的變化，也寄託了詩人以變化書寫傳統的願景。陳黎青睞的「鏡子」意象，隱喻的正是這耳熟能詳卻無法照見現實的傳統，這空白需要被填空，如他所述：「也許覺得所有歷史都是虛構的」，「或者，雜揉不同族群，魔術衝突於無形的這塊鄉土，是容許不斷再寫、覆蓋的豐滿的空白。」[12]

---

[12]　陳黎：《想像花蓮》，臺北：二魚文化事業有限公司，2012年版，第75頁。

　　此外，從複雜多元的矛盾衝突裡抽離出單獨的聲音，向來是陳黎重塑歷史、審視當下的獨特視角。二○一○年，詩人曾就臺南市五妃裡的五妃墓，撰寫過《五妃墓・一六八三》。明永曆三十七年，甯靖王不甘為亡國之君，在他殉國前，五位妃子先行自縊。乾隆年間，才為五妃立墓碑，刻有「明甯靖王從死五妃墓」。這座五妃墓埋葬著五位姬妾的生命，也埋葬著家國的命運、朝代的更迭和歷史的交替。一方面，就歷史的記憶而言，隨著時間的流轉，五妃街的頻繁變遷、從墓碑前往來的行人等共同構築新的文化空間；另一方面，就五位姬妾而言，她們承擔著亡國與亡夫之痛，也面臨著無從選擇的死亡結局。陳黎的奇幻之處並不在於為女性發聲，卻在於他沒有拘泥於以往女性自憐自艾的哭訴、也沒有藉助代言體的形式為女性鳴不平，而是善於深入這種複雜而多元的矛盾，在時空相隔、世代轉變的環境裡還原女性此時彼世的對話與獨白。整首詩集合了甯靖王和五妃的聲音，而五妃的聲音又分為主音與和音。詩篇開始於五妃墓裡發出的聲音，這聲音首先來自於甯靖王：「孤不德顛沛海外，冀保餘年／以見先帝先王於地下，今大事已去／孤死有日，汝輩幼艾，可自計也」。甯靖王高高在上、無人可以挑釁，是男權與王權的化身，而他的聲音渾厚有力，如同歷史劇的再現。以五妃的口吻講述，甯靖王似乎又是缺席的，他的聲音不過是游離出舞臺的旁白。接著詩人夾敘夾議，由五妃敘述甯靖王從二十七、四十七至六十六歲南下征戰、歸隱山林、以身殉國的生命經歷，唯獨

在「我們隨他在竹滬拓肯荒地數十年甲／采菊，扶臀東籬下，悠然見波浪」的時候，詩人化用陶潛的《飲酒》，又以調侃的語調放大生活化的場景呈現五妃家庭生活的愜意。緊接著，甯靖王與五妃的對話，甯靖王的語氣裡透著早有打算的命令與試探，五妃一反輕鬆的口語而義正言辭的以古語回應，對話顯得貌合神離、各懷心事，暗藏著內心的矛盾：

> 的卻是安寧的鄉土。而他說他不做
> 降清的順臣，六十六歲他要殉國：
> 「我之死期已到，汝輩或為尼或
> 適人，聽自便！」然後是我們五口
> 同聲：「王既能全節，妾等寧甘
> 失身，王生俱生，王死俱死，請先
> 賜尺帛，死隨王所。」我們相繼
> 自縊於中堂。據說次日他懸樑
> 升神前，先將我們葬於魁鬥山后
> 燒毀田契，把土地全數還給佃戶

　　陳黎筆下人物的音調、口吻、氣息與情緒，隨其思維迅速的運轉。詩人隨即將聲音交還給五妃之一，脫離和聲而獨自發聲：

　　我很想說我不想死（你們猜這是）
　　誰的聲音，袁氏，王氏，秀姑
　　梅姐，或荷姐？）我很想伸手
　　撿一截未盡燃的田契，在這裡繼續
　　種田蒔花，直到老樹垂蔭，芳草

　　表露心聲的獨聲，顯然已超越了時空的局限。她不是墓中的亡者，也不是君王的妻妾，而是作為領唱者揮動著指揮棒，引領當下的男女歌唱：

　　我怕墓上的碑銘讓你們以為
　　「從死」是唯一的美德，我怕
　　你們覺得庭院裡搖曳的都必須是
　　忠孝節義的樹影，倫理的微風
　　我們躺在這裡，不封不樹，我們是
　　後來城市後來體育場後來街道後來
　　車聲人聲的一部分，而一個聲音
　　提醒你們我們是複數，也是單數

　　　　　　　　　　　　　　《五妃墓·一六八三》

　　陳黎試圖「告訴大家一個復古翻新／資源回收運動開始了」，

現代的人可以在日常生活裡拾取歷史的碎屑，重新編排和組織，進
而填補罅隙並還原歷史的真相，「以每一個走過的無任所大使／胸
前風土有別，造型各異的塔」（《新古典》）。詩人憑藉傳統的音
律曲調重新填詞，從神話傳說和歷史古跡裡獲取資源，又從古典詩
中挑選出字、詞、句進行重組，以奇特的筆法創造性地完成了傳統
與現代樂曲的融合。

三　語言與文字形式的奇異音效

　　陳黎對於語言文字的敏感，常被誤釋為先鋒詩歌實驗。事實
上，漢語言文字在詩篇裡靈活的表現形式，反而更體現出流淌在他
血液裡的傳統文化特質。當然，詩人陳黎的父母是客家人，而日語
是他們日常交流的語言。他在英語系讀書時，又將西班牙語作為第
二外語。後來從事的翻譯工作又涉及波蘭語（辛波絲卡）、韓語
（黃真伊）、日語（野謝晶子）等。可以想見，他思維運動的軌
跡，幾乎是不同語系交織出的語言之網。後來在花蓮做中學教師期
間，向來喜歡購買字典，與學生猜字謎，他甚至調侃自己患了「戀
（漢）字癖」。一九九三年，他開始使用電腦創作詩歌。與過去的
手寫文字相比，他發現透過電腦可以自由地複製、粘貼、刪除，還
可以藉助各種軟體插入圖像影音、線上翻譯，但書寫的溫度與樂趣
卻遭到侵襲。他試圖以新的媒介，換個方式挽留逐漸消失的記憶，

保留漢字裡儲存的溫度。二〇一一年，詩人患手疾，牽及腳傷、心憂和視衰，以至無法使用電腦創作。在病痛中，那些文字拼圖好像高度興奮的化學分子，互相纏繞、結合又分離，總是在他的頭腦裡活躍。語言文字形式結出的奇異果實，製造出一種獨特的聲音效果，一直滲透於他的日常生活與精神世界中，既是朝夕相伴的快樂精靈，也是苦難疾病之河裡抓住的一根稻草，將他送往彼岸的樂園。

陳黎還擅長以事作詩，重新發掘漢字的敘事功能，以語言文字詮釋個體的生命體驗。因為漢字本身就與「事」相關，如同許慎在《說文解字》中的「六書」，「一曰指事。指事者，視而可識，察而見意，上下是也。二曰象形。象形者，畫成其物，隨體詰屈，日月是也。三曰形聲。形聲者，以事為名，取譬相成，江河是也。四曰會意。會意者，比類合誼，以見指撝，武信是也。五曰轉注。轉注者，建類一首，同意相受，考老是也。六曰假借。假借者，本無其字，依聲托事，令長是也」[13]，六種造字法皆涉及敘事，「指事、形聲、假借三書均與『事』直接相關，這些字（如上下、江河、令長等）大抵也是為說明、表述某種事情而造。即便是象形文字，雖主要是為描述物體而造，但物之存在及狀態也就是一種事，對物作出描述，本質上也可說是另一種類型的敘事」[14]。憑藉漢語

13 許慎：《說文解字序》，《說文解字》，北京：中華書局，2009年版，第314頁。
14 董乃斌：《中國文學敘事傳統研究》，北京：中華書局，2012年版，第

的敘事功能，陳黎在形式上更是全方位調度漢字的音、形、義，結合聽覺與視覺的雙重體驗，透過音效造成一種陌生的新鮮感，「融合聽覺與視覺的聲音詩，則是他長期積累在音樂和繪畫各方面藝文素養的極簡濃縮，新新世代的讀者想必會對這樣的圖色音響節奏，一見鍾情、傾心」[15]。

　　單是母音、輔音或是聲調爆發的力量，出現於陳黎的詩中，就令人驚歎。在二〇一三年創作的《一人》中，「伊人。／依人。／宜人。／怡人。／旖人。／異人。／齮人。／臆人。／疑人。／易人。／佚人。／憶人／／噫——人。」同樣是「Yi」的發音，詩人可以拼出十四個漢字，聲調有陰平、陽平，也有上聲、去聲。從「一人」遐想至「伊人」、「依人」，心上人款款走來。兩個人的故事又在文字裡繾綣波折，有「宜人」的適合、「怡人」的愉悅、「旖人」的溫婉，有「異人」的差異、「齮人」的傷害、「臆人」的猜忌、「疑人」的懷疑，直到重新「易人」、「佚人」。最後留有「憶人」，追悼逝去的那個人。而「噫——人」則以悲歎的語調首尾，留有回憶的餘韻。看似有始有終，講述的卻是沒有終結的愛情故事。從一個人出發，由漢字而分裂出二個或是更多的人，在愛

30頁。

[15] 賴芳伶：《那越過春日海上傳來的音波……——讀陳黎詩集〈苦惱與自由的平均律〉》，陳黎：《陳黎詩集 II：1993-2006》，臺北：書林出版有限公司，2014年版，第403頁。

情的地圖裡走出記憶的腳印。這些愛情故事的結構，與漢字的生命
相仿。它們被儲存於資料庫，被詩人挑選出來重新編排為戀人的心
理動作，上演了一出短小的獨幕戲劇。

　　再來看陳黎有關字的局部的聯想，更是奇異多變。它們像是樹
木的軀幹，卻時常因為枝條花果而被忽略。陳黎如巫師般占卜漢字的
奇異之處，又從單個偏旁部首的形貌裡摸索其深意，開掘它們無限的
造字功能，「詩就是從這些作為主題的字一一分裂出來了。造字的人
自然是巫師、乩童，人與天之間的梅姐，後來解字、寫詩的我們也是
巫師、乩童，在沒有詩的地方找詩，重審漢字，在平常的地方挖掘
不平常。一個小小的漢字就是我們宇宙或部分宇宙的縮影。」[16]在
他二〇〇七年完成的短詩《單字》中，寫著「宀／一切的峰頂／無
上的冠冕／因空白／因冥想／因召喚／而生至大的宇宙／至小的宇
宙人子詩意的居所／眾字之名／單數又複數的字」。詩人選取寶蓋
頭「宀」，借用歌德的「一切的峰頂」作為領唱，三個「因……」
像是分唱，「至大……」與「至小……」又如合唱，從精神至肉體，
從抽象至具象，從單數到複數，從局部到整體，詮釋了凌駕萬物之
上的超越性。它是佛道的傘蓋，「因空白／因冥想／因召喚／而
生」；它是人身體的最頂部，「人子詩意的居所」（《單字》）。

---

[16]　陳黎：《片面之詞》，《輕／慢》，臺北：二魚文化事業有限公司，2009
　　年版，第172頁。

而心靈的滌蕩，又何嘗不是「一切的峰頂」？詩人以詩詮釋這種
「無上的冠冕」，並以漢字產生的音效回答了永無止盡的生命追求。

　　陳黎還以地方方言入詩，包括客家話、粵語、原住民語言等，
讓「達悟、布農、賽德克、邵、匈……／都是人／向天地發聲／說
我來過，抽象地／存在過」（《三合》）。詩人又未止步於方言
詩，而是在詩中創造了一種鄉土化的戲劇情境。譬如《月光華華》
裡的客語，開始於「月光華華，滿姑滿姑／f看到一條白馬／對你
唱個歌仔飆出來」，如同女子細語為有情郎唱歌仔，又透過歌仔唱
詞嵌套阿婆阿太的故事，回到祖輩的懷抱裡，盡顯鄉間的親情，溫
暖而柔軟；又譬如《上邪》裡，以客家話「天啊！愛同你相好」取
代漢代樂府「上邪，我欲與君相知」，民間男女的世俗情愛，像是
你儂我儂的對話躍然於眼前；再譬如《雙聲》以臺語為一九七三年
九月三日高雄開往前鎮的渡輪罹難的二五位未婚女工發聲，她們用
鄉音表達生前身後事，像是亡者回到家鄉、回到了母親的懷抱。一
九九三年，詩人作《紀念照：布農雕像》，儘管並未真正以方言入
詩，卻因為布農族原住民的鄉音而實現了靜穆與莊嚴的藝術效果。
讀一九三三年出版的日文古籍《東臺灣展望》時，他發現其中刊登
了一九三二年日據時代臺東原住民擊斃兩名員警、一名警丁的歷史
事件，最後日警查獲嫌疑犯塔羅姆，並在深山追捕到主事伊卡諾社
頭目拉馬塔顯顯及其四個兒子還有塔羅姆的三個弟弟。面對這樣的
歷史事件，詩人無意道明其發生的原因、過程和結果，而是從九人

赤腳並坐一排的直觀視覺體驗出發,表達莊嚴、壯美而淒烈的心理體驗,詩篇結束於「發音的布農族語『莊嚴』:莊嚴的哀愁／莊嚴的冷漠,莊嚴的自由……他們是天生的石頭」。發生在原住民身上的事件,喚起陳黎對家鄉的歷史想像,「在花蓮,你可以看得到一種從臺灣的內在所表現出來的臺灣人的特質,一種因不斷混血、包容,激發出來的生命力和生命色彩——這其中當然有一些痛苦或衝突,可是終極來說,是偉大而動人的。」[17]在陳黎眼中,家鄉花蓮便是交織著多種文化的因數。這種文化身分、文化的歸屬感,也啟發陳黎從混雜中創造新的質素,發覺出新的生命力。在他看來,儘管子音總帶有殘缺不全的瑕疵,「那些聲音在時間等她。等她飛載起缺陷,在空中,和它們重新交合」(《子音》),然而,在飛向母體的過程裡,子音總會不斷舔舐自己的傷口,讓那些悲情、哀憐與屈辱的膿血溢出身體,直至發出「獨聲合唱」的巨響。

結語

　　陳黎的開拓意義就在於——他專注的「奇妙的獨聲合唱」的音樂結構——既是內容的也是形式的,既是傳統的也是個人的。自

---

[17] 陳黎:《尋求歷史的聲音》,王威智編:《在想像與現實間的走索——陳黎作品評論集》,臺北:書林出版社1990年版,第128頁。

然，這種從題材到形式的翻新出奇，也恰彰顯出從臺灣現代主義詩歌運動裡脫胎而出的新式創作風氣。無論是臺灣現代主義詩歌的延展，還是西方現代派詩歌的賡續，都體現出傳統與現代、歷史與現實、本土意識與歐化資源等錯綜複雜的關係。詩人陳黎堅持「撒下去的種子總要長起來呵／不管去收穫的是你還是我」（何其芳：《夜歌》），在動盪的環境裡，以切身的生活與閱讀經驗，重新打量詩的命途。他沒有一味沉浸於前輩構建的文學傳統裡，而是試圖走出影響的焦慮，發明一種獨特的陳黎體。這種獨特性，是詩人在多元文化裡的突破和超越，也是他在詩歌裡營造的矛盾衝突、情節結構和場景設置，可謂別出心裁、獨樹一幟，如同走進一座微劇場，帶給觀眾別開生面的觀看體驗。儘管陳黎時常將詩的表現推向極端，一次又一次地向讀者習慣性的閱讀體驗發出挑戰，也時常受到質疑。當然，一味追逐奇特，也可能不幸淪為歷史洪流裡的短暫特徵，使得個性被淹沒。但對整個當代漢語新詩而言，陳黎的奇特有其文化內蘊，這也指涉他作為臺灣花蓮詩人嵌入體內的複雜與純一。他從博雜的世界破繭而出，以「單數」與「複數」結構出的「獨聲合唱」仍可以比作一隻藍色閃蝶，以奇異的色彩努力創造著新的詩歌傳統和個人傳統。

張棗：疾馳的哀鳴

落下一片葉
就知道是甲子年
我身邊的老人們
菊花般升騰，墜地
　　　　　　——《深秋的故事》

這夜晚風聲加緊，你們來到我的心中
代替了我設想的動作，也代替了書桌前的我
讓我變成了一個欲言不能的影子
　　　　　　——《秋天的戲劇》

引言

　　曼德爾施塔姆說過，「在『狂飆』的洪流之後，文學的潮水必須退回到它自己的管道，而恰恰正是這些不可比擬地更為謙遜的世界與輪廓將被後世所記憶。」[1]二十世紀八〇年代的中國，在某種意義上，是一個以狂飆為主潮的時代。長期的政治壓抑，以意識形態為主導的整體性文化傳統又一次開始動搖，大多數第三代詩人以集體性的語言行動，向傳統發出聲討。可以說，到如今，這股力量已走過了整整三十年。但真正在這場語言行動背後，卻隱藏一股極為微弱的力量。當學界將視線轉向詩歌傳統的梳理時，不難發現，楊煉、陳東東、張棗等詩人，潛藏在這股暗流中，徐徐前行。其中，張棗，從一九八一年開始創作，直至二〇一〇年生命隕落，他僅僅創作了一百多首詩歌。在這些為數不多的作品中，關於傳統，他始終有著一種相對明晰的態度。本文選擇以聲音的視角切入，從聲音傳統中去洞悉張棗的詩歌。所謂的聲音，著重探討的是詩歌的內在生命，即詩歌的音樂效果問題。眾所周知，二十世紀初新詩運動的展開，在眾聲喧嘩中，將詩歌的形式變革推向了風口浪尖。可

---

[1]　[俄]奧斯普‧曼德爾施塔姆著，黃燦然譯：《曼德爾施塔姆隨筆集》，廣州：花城出版社，2010年版，第105頁。

以說，漢語新詩經歷了「一全面的美學革命，企圖推翻原有的詩歌成規，包括形式、音律、題材、以及最根本的──語言」[2]。既然平仄、格律、押韻為主導的聲音系統發生的崩塌，詩人在不斷地實踐中，開始尋找內在節奏的外化形式。張棗也曾經說過，「詩歌內在氣質肯定會被重新追求和注意，這就是它的音樂性。因為詩歌藝術是依賴於音樂性的藝術，他與散文不一樣，實際上這依賴於詩人的才華，就是說，一個人是否有一種內在的生命的音樂性，這種節奏正好與詩歌的內在的音樂性發生關係，這是一個詩人的命運，所以詩歌最簡單的一個定義就是：詩歌不是散文。」[3]因此，筆者讀到張棗詩歌所包孕的哀鳴與急促的內在化情感特徵，將通過句式、停頓、詞的選擇等外在形式予以分析。

---

[2]　[美]奚密：《中國式的後現代──現代漢詩的文化政治》，《中國研究》，1998年9月第37期，第1頁。

[3]　張棗，顏煉軍：《「甜」──與詩人張棗一席談》，《名作欣賞》，2010年第10期，第63頁。

一　內在節奏的生成

　　在抒情性上，張棗比同時代其他詩人走得更遠。在他少有的詩篇中，幾乎從未遺忘回望自我。他習慣於書寫「我」，將「我」作為其表達的主人公形象，可以說，他一生的創作，都在呈現一種「我」式的抒情。《燈芯絨幸福的舞蹈》，「我看見的她，全是為我／而舞蹈，我沒有注意」，「我看到自己軟弱而且美，／我舞蹈，旋轉不動」，「我的衣裳絲毫未改，／我的影子也熱淚盈眶，／這一點，我和他理解不同。」詩篇從「我」的視線轉向「她」，又返回自身，儘管他的詩歌中，在人稱上極富變化，但無論是「你」、或者是「他（她）」，都旋轉於「我」的視域中。於是，張棗的詩歌，便呈現出獨具自我觀照性的美學特徵。就這一點而言，並不乏其例。如他的《杜鵑鳥》，「我」看見「你」走進邏輯的晚期／分幣和擺渡者在前面／我的背後有牆壁」，「你」的邏輯和選擇，必將為「我」所看見，而又將「我」的心境隔離在有邊界的空間中，於是，「我」與「你」之間有了一次決絕的對望。誠然，抒情性必然要指向自我，然而，大多數詩人在後期的創作中都盡量避開「我」，試圖抽離出個體化的抒情方式，而自覺的走入以「他」為主體的表述中。從張棗的晚期創作中，也能夠看出他試圖邁出自我的努力。但在超越的過程中，他卻無法在真正意義上

擺脫自我，也因此，在他刻意的追逐中，難免仍留有個體化抒情的殘跡。

張棗喜歡言說，在他的詩歌裡，從來都有一位聆聽者，或是自己的朋友，或是自己。在四川外國語學院讀書時，據柏樺的敘述，「他告訴我他一直在等待我的呼喚，終於我們互相聽到了彼此交換的聲音。詩歌在四十公里之遙（四川外語學院與西南師範大學相距四十公里）傳遞著他即將展開的風暴，那風暴將重新修正、創造、命名我們的生活——日新月異的詩篇——奇跡、美和冒險。我失望的慢板逐漸加快，變為激烈的、令人產生解脫感的急板。」[4][在詩句的交匯中，兩人徹夜長談，柏樺也因為張棗渴望言說的急切而加快了情緒上的節奏。如此迫切地尋找知音，使得張棗極容易打開自我，在文本中格外重視以特定的場景表達個人的情緒。一九八六年出國後，漂泊的境遇，使得詩人在語言的屏障中，失去了他詩歌可以言說的直接對象，那際遇必將是苦澀的。但從他的詩歌文本中，仍然流淌著對話式的聲線。詩歌《虹》中提到，「一個表達別人／只為表達自己的人，是病人；／一個表達別人／就像在表達自己的，是詩人」，張棗的抒情主體指向自我，然而，他所追求的卻是「像」，而不是「為」。這是他內心的癥結，也是他試圖言說的

---

[4] 柏樺：《左邊——毛澤東時代的抒情詩人》，南京：江蘇文藝出版社，2009年版，第113頁。

表徵。在隔膜的現實世界中，過往的歡聚，促發了他創作的激情，《秋天的戲劇》記錄了與詩人柏樺之間的交往場景，《鏡中》在與北島的交流中得到了一次自我的確認，而《跟茨維塔伊娃的對話》則伸向歷史文本。然而，詩歌語言的打開，在異域背景下，卻似乎出現了堵塞。他告知自己：「因此我們的心要這樣對待世界：／記下飛的，飛的不甜卻是蜜／記下世界，好像它躍躍躍欲飛／飛的時候記下一個標點／流浪的酒邊記下祖國和楊柳」（《我們的心要這樣向世界打開》），兩種生活背景的轉換，在某種意義上，成為了詩人情感開闊的界限，這界限卻沒有阻擋他短句裡回蕩的急促感。

　　正是抒情與言說，使得張棗的詩歌所呈現的內在化節奏化清晰可辨。一方面，他在最初的創作中，便呈現出一種急促的聲音，垂暮與下墜，構成其創作的主題。這種情緒化的因素，一直在他的身體裡蔓延，從未終止。另一方面，渴望言說的欲望，預示著他的詩歌常常在表達上不斷地尋找對話的可能，這種追尋使得詩歌文本轉向更為迅速的變奏體。這兩方面，造成了張棗的詩歌在低沉的哀鳴中卻不乏速度感。如果說陳東東詩歌中複遝回環的吳歌之美，在音樂性上更接近於中國古典音樂；而張棗的楚音腔調裡，他所使用詩歌，句式、停頓、標點符號等形式所彰顯的節奏感，則橫穿中西交匯的變調中，在聲音的表述上更傾向於西方的音樂形式。一九九二年以後，張棗的詩歌創作明顯有著練習曲的痕跡。他的《合唱隊》或《空白練習曲》，都站在中西文化的交叉口處，透過音樂形式推

進自我的生命流動。張棗想跳出自我，為那些字斟句酌的詩句尋找一席更邃密、開闊的安放空間，但因為用力，時常又會破壞詩歌的自然節奏。但，無可否認的是，年僅四十八歲就離開人世的詩人張棗，已為這個世界留下了不少值得珍藏的詩句。而這些詩句，又與他的生命一樣，低沉而急促，像疾馳的哀鳴之聲。關於此，從意象與場景的疊加，以及元詩與詞語的實踐中，或許可以見得詩人如何以聲音表達內在情感。

二　場景與意象的樂感疊加

「蝴蝶」、「星辰」、「雪花」、「菊花」等意象的重複，幾乎都與生命的墜落感相關。在他的語意群落中，這些語詞無疑是一曲歌唱瞬間即逝的生命之哀曲。而「鏡像」則成為言說的一種方式，在相互對照的身體形象中，為內心提供發聲的可能。這兩種意象不斷地重複，疊加出現在他的生命樣態中，成了張棗詩歌創作中的風景線。也正是因為這些意象本身的短‧暫虛幻、一閃即逝，使得其詩歌在節奏上明顯地帶有低沉、卻不失急促的音樂效果。以他的詩篇《深秋的故事》為例：

　　　向深秋再走幾日／我就會接受她震悚的背影／她開口說江南如一棵樹／我眼前的景色便開始結果／開始迢遞；

呵，她所說的那種季候／彷彿正對著逆流而上的某個人／
開花，並穿越信誓的拱橋

落下一片葉／就知道是甲子年／我身邊的老人們／菊
花般升騰、墜地／情人們的地方蠶食其他的地方／她便說
江南如她的髮型／沒有雨天，紙片就疊成了乳燕

而我漸漸登上了晴朗的梯子／詩行中有欄杆，我眼前
的地圖／開始凋零，收斂／我用手指清理著落花／一遍又
一遍地叨念自己的名字，彷彿

那有著許多小石橋的江南／我哪天會經過，正如同／
經過她寂靜的耳畔／她的袖口藏著皎美的氣候／而整個那
地方／也會在她的臉上張望／也許我們不會驚動那些老人
們／他們菊花般升騰墜地／清晰並且芬芳

　　詩歌中那升騰而後下墜的菊花、遲暮的老者之生命，交織在
她皎美的面容中，渾然為一體。依然在「我」的視線中，依然在
「我」所認知的人稱變換中，「我」看到了與這季候相吻合的一種
生命的瞬間感。整個詩篇，不斷複現的「我身邊的老人們／菊花
般升騰、墜地」，成了一抹無限延伸的鏡像，透視著「我」的整
體情緒。與這種短暫的生命感相連綴的，則是詩歌的句式。詩篇
中，幾個短句與長句參差交錯，格外突出。詩歌一開始，「向深秋
再走幾日」便昭示著向晚的情景，而第二節起，「落下一片葉／就

知道是甲子年／我身邊的老人們／菊花般升騰，墜地」亦是較為短
促的一組畫面，詩人以極盡簡練的筆觸，勾勒那落葉殘年之境，而
第三節「開始凋零，收斂／我用手指清理著落花」，再現落花凋零
的時間之短暫，第四節「而整個那地方」，「他們菊花般升騰墜地
／清晰並且芬芳」便由始至終地還原了菊花的凋謝與生命的下墜
感。在這一場景中，文字顯得極為緊致，縮短了情緒的延宕。而與
之相反的是，另一場景，「我就會接受她震悚的背影／她開口說江
南如一棵樹／我眼前的景色便開始結果／開始迢遞；呵，她所說的
那種季候／彷彿正對著逆流而上的某個人／開花，並穿越信誓的拱
橋」在「我」的視線裡，情感更多的停留在「她」的身上，詩歌的
延展由「她」而來，因此，與「她」交織的詩句便在呼吸上相對舒
緩。「情人們的地方蠶食其他的地方／她便說江南如她的髮型／沒
有雨天，紙片都疊成了乳燕」，詩句伸向了柔情的她世界，「一遍
又一遍地叨念自己的名字，彷彿」，此處停頓，進入最後一節，便
意味著那皎美只在「震悚」中停留，並最終與「她」口中的江南一
同路過。可見，詩歌在長短句間有不同的情景，也因而多了幾分層
次感，但兩種情景卻最終歸於「升騰墜地」的瞬間性，哀情中平添
了急促的滑落感。如果說《深秋的故事》是他疾馳的哀鳴中一個側
影，那麼，在他早期的詩歌《星辰般的時刻》，《四月》或者《南
岸第一次雪花》中，同樣能發現類似的聲音表達。如《星辰般的時
刻》，「我」與「你」形成不同的場景對照，「你」糾纏於我「潔

白」的世界中，在「星辰般的時刻」，那些短小的句式，滲透著暴戾與血腥，融合於「我的潔白」，你「出世之前」「真實的石榴花」中。在形式上將這種表述發揮到極端的便是他早期的詩歌《危險的旅程》，「無聲無聲無聲／更難忍更難忍更難忍」、「我要回去／回去」，「復仇復仇復仇／那是你在唱鳴」，不斷地追問重複又重複，急切的呼喚使下墜的語詞輕盈而幽咽，與落葉、星辰、曇花一同消逝、跌落。詞背後所彰顯的是生命易逝的現實感，詞語很迅速地掠過思緒，閃電般留下行將遠去的痕跡。

　　一九八四年創作的《鏡中》，幾乎已被認定為張棗最優秀的作品之一。「鏡」的意象，重複出現，儘管詩人鐘鳴，將詩歌中的人稱歸納為八種，分別是：「匿名之我（W）；她（T）；皇帝（H）；鏡中皇帝自身（JH）；我皇帝（WH）；鏡中她自身（JT）；.鏡中她我（JTW）；我自身（S）」，但在筆者看來，「鏡子」卻更多地指向了「她」，以及與之相呼應的詩人內心。關於與「鏡子」相關的表達，不勝枚舉，其中包括在張棗的詩歌《紀念日》中「只有你面視我／坐下，讓地球走動／重複氣溫和零星小雨／也許，我們會成為雕像」，《蘋果樹林》中「你無法達到鏡面的另一邊／無法讓兩個對立的影子交際」，都不斷地凸顯，而這一場景同樣出現在博爾赫斯的文本中。然而，短篇《另一個人》，或詩歌《詩藝》中，「有的時候，在暮色裡一張臉／從鏡子的深處向我們凝望；／藝術應當像那面鏡子／顯示出我們自己的臉相。」卻

是博爾赫斯分裂式的自我對照，無關乎他者，博士赫斯試圖在黑色的世界中尋找內視的可能。而張棗的鏡像是女子的側影，也彷彿是「我」與「他（她）」在心靈上的暗合，如一面心理鏡像。《鏡中》，「一面鏡子永遠等候她／讓她坐到鏡中常坐的地方／望著窗外，只要想起一生中後悔的事／梅花便落滿了南山」，此處的鏡子成了溫婉女子的象徵，皇帝面前的嬌羞，正指向了句式上的對照。張棗在使用「鏡像」時，句子的排列已不再是重複，而構成了與鏡像情境相吻合的場景對照。於是才有了《虹》中，「一個表達別人／只為表達自己的人，是病人；／一個表達別人／就像在表達自己的人，是詩人」（《虹》），才有了《歷史與欲望》中「可那與我相似的，皆與你相反」（《麗達與天鵝》），才有了《蒼蠅》中「你看，不，我看，黃昏來了」（《蒼蠅》），以及《死亡的比喻》中「孩子對孩子坐著／死亡對孩子躺著／孩子對你站起」（《死亡的比喻》），《同行》中「從背面看我有寧靜的背，微駝；／從正面看，我是坐著的燕子，／坐著翹著二郎腿的燕子。」（《同行》）在悖反的句式中，都打上了鏡像的烙印。在渴求心靈對接的空間裡，張棗的詩歌語言直抵兩個人之間的對話，他哀涼地將黑色的傷痛感鋪在鏡面上，以獲得某種呼應。可以說，《蝴蝶》一詩，則是張棗在多種意象和場景中，更大限度地完成了他所要凸顯的疾馳的哀歌之節奏。並置出現的兩個人，在詩句的場景中旋轉，「蝴蝶」至始至終貫穿詩篇，像一隻藍色的靜物，「醉倒在我

的胸前」。這跌落，似女子伏在皇帝面前，最終還原為「一對款款的蝴蝶」，抑或「一對嗷嗷竊語的情侶」。「鏡子」也不再割裂「我們」的距離，「所有鏡子碰見我們都齊聲尖叫」，而這淒厲之美與痛感一起淹沒在詩人的身體語言中，滑落且迅速地與這種感覺相碰撞。

三　元詩與聲音的實驗

「寫詩的人寫詩，首先是因為，詩的寫作是意識、思維和對世界的感受的巨大加速器。一個人若有一次體驗到這種加速，他就不再會拒絕重複這種體驗，他就會落入對這一過程的依賴，就像落進對麻醉劑或烈酒的依賴一樣。一個處在對語言的這種依賴狀態的人，我認為，就稱之為詩人。」[5]布羅茨基的表述，對於大部分詩人而言都適用，但張棗對語言的依賴已經遠遠超出個體的生命承受。書寫，且不斷地修改，尋找那個最恰當的詞，來完成節奏上的平衡，已成為他創作的一種慣性。與其他詩人相比，張棗無疑是一位將詩歌作為技藝的詩人。他對於文字的錘鍊度，遠遠超出其他詩人。正如柏樺所云：「他談的最多的是詩歌中的場景（情景交

5　[俄]布羅茨基著，劉文飛譯：《文明的孩子》，北京：中央編譯出版社，1999年版，第40頁。

融），戲劇化（故事化），語言的錘鍊，一首詩微妙的底蘊以及一首詩普遍的真理性。」[6]就是這樣，詩人張棗從未擺脫對於詞語本身的依賴，他始終將個體的生活世界與詞發生關聯，無限地去發明漢語詩歌的詞世界。

關於這一點，無法規避的是張棗的元詩觀念。可以說，這一理念一直貫穿於他的詩歌創作中。在複雜的漢詩語境中，張棗想要捕捉的是回歸詩歌本身。他的詩論《朝向語言風景的危險旅行，當代中國詩歌的元詩結構和寫者姿態》中著重強調了這一詩學命題。他說：「當代中西詩歌寫作的關鍵特徵是對語言本體的沉浸，也就是在詩歌的程式中讓語言的物質實體獲得具體的空間感並將其自身作為富於詩意的品質來確立。如此在詩歌方法論上就勢必出現一種新的自我所指和抒情客觀性──對寫本身的覺悟會導向將抒情動作本身當做主題而這就會最直接展示詩的詩意性。這就使得詩歌變成了一種元詩歌』，或者說『詩歌的形而上學』，即詩是關於詩本身的，詩的過程可以讀作是顯露寫作者姿態，他的寫作焦慮和他的方法論反思與辯解的過程。因而元詩常常首先追問如何能發明一種言說，並用它來打破縈繞人類的宇宙沉寂。」[7]詩歌回到詩歌自身，

---

[6]　柏樺：《左邊 ── 毛澤東時代的抒情詩人》，南京：江蘇文藝出版社，2009年版，第114頁。

[7]　張棗：《朝向語言風景的危險旅行 ── 當代中國詩歌的元詩結構和寫者姿態》，《上海文學》，2001年第1期，第75頁。

在張棗看來，是第三代詩人的詩文本特質，而這種特質又無疑會通向語言的自律。

「詩歌的每一個言詞似乎都在脫穎而出，它們本身在說話、在呼吸、在走動、在命令我的眼睛，我必須遵循這詩的律令、運籌和佈局，多麼不可思議的詩意啊，無限的心理的曲折、詭譎、簡潔、練達，突然貫穿了、釋然了，一年又一年，一地又一地，形象終於在某一刻進入了另一個幻美的形象的血肉之軀。」[8]在元詩的統攝下，張棗在詩歌聲音上所遵循的語言自律感越來越強烈，在呼吸中聆聽詞的節奏感，是張棗在語言上做的最大的努力。就這點而言，從他的組詩當中，可以窺見一二。如其代表作《卡夫卡致菲利斯》：

> 我奇怪的肺期超向您的手，
> 像孔雀開屏，乞求著讚美。
> 您的影在鋼琴架上顫抖，
> 朝向您的夜，我奇怪的肺。

詩歌開篇處，「M.B並非完全指馬克斯·勃羅德，而是一個先

8　柏樺：《左邊──毛澤東時代的抒情詩人》，南京：江蘇文藝出版社，2009年版，第116頁。

於時代惟一認識卡夫卡價值的鑒賞者，一個先驅者後期效果的闡釋者和證明人，新文學的傳教士，生活中的知音。張棗通過卡夫卡所要尋找的便是這知音。」[9]，「奇怪的肺」兩次出現，是卡夫卡的宿命。「肺」的出現，不免令人想到布魯姆的一句話，即「詩歌是想像性文學的桂冠，因為它是一種預言性的形式。」[10]卡夫卡與張棗之間，幾乎形成了一種身體疾病的呼應。詩篇中，「我」成了卡夫卡的化身，痛感，在血腥的詩行中多了一重甜的味道。「肺」這個字眼，統領了十四行組詩：

> 像聖人一刻都離不開神，
> 我時刻惦著我的孔雀肺。
> 我替它打開血腥的籠子，
> 去啊，我說，去貼近那顆心：
> 「我可否將您比作紅玫瑰？」
> 屋裡浮滿枝葉，屏息注視。

依然是急切地呼喚，以獨白的形式切入，在哀憫中又多了對異

9　鐘鳴：《籠子裡的鳥兒和外面的俄爾甫斯》，《當代作家評論》，1999年第3期，第75頁。
10　[美]哈樂德‧布魯姆著，黃燦然譯：《如何讀，為什麼讀》，廣州：花城出版社，2011年版，第59頁。

性的追求。這種追求投影於獨特的句式中，似乎是他渴望在心靈上得到一種神性的關懷。「去啊，我說，去貼近那顆心：」句子慣有的精煉，標點符號所加劇的停頓性，都突出了詩人內心的急迫心境，加劇了內在的速度感。

> 傷心的樣子，人們都想走近他，
> 摸他。但是，誰這樣想，誰就失去
> 了他。劇烈的狗吠打開了灌木。

　　在張棗的詩歌中，有統領的意象，亦有統領句子的節奏。如果說柏樺的詩歌更平緩、節制。那麼，張棗則明顯與之不同，他的句子都極為短促，標點的變幻也極為豐富。在他詩歌中，一行句子出現多個標點，不斷地打斷敘述話語，使詞與詞的間距變小，這無疑增強了詩句的跳躍感，從而在節奏上推進了語言表達的速度。卡夫卡傷心的肺所折射的是呼吸困難的情境，也因而在表達上，詩人也希望將這一身體上的節奏性，通過語言的音樂感表述出來。

　　九組短詩，筆者無法一一贅述。但從精簡的詩行中，張棗與卡夫卡之間的共通性，因為「肺」的某種預設，而穿梭在詩行速度的滑行中。悲哀的疾馳，一閃而過，張棗通過詞的間隔和頓的呈現，表露了卡夫卡渴望異性的心理對話——渴求被理解卻又怕接近的複雜心情——這也是筆者在文章最初所不斷提到的，張棗渴望對話的

一種借用。同樣，《空白練習曲》也是張棗的一組重要代表詩作：

> 天色如晦。你，無法駕馭的否定。
> 可大地仍是宇宙嬌嬈而失手的鏡子。
> 拉近某一點，他會應照你形骸的
>
> 三葉草，和同一道路中的另一條。
> 從來沒有地方，沒有風，只有變遷
> 棲居空間。沒有手啊，只有餘溫。

因為《空白練習曲》，情緒的流動更為激烈，所以，相對難以把握。然而，不難看出，那鏡子依然是「嬌嬈」的形態，詩人仍渴求尋找與言說對象之間的心靈契合點。將「我」幻化成了「你」，順而又在「我」的獨白中，走進「你」。全詩的基調，由上引的詩句而定。「天色如晦」，極為簡潔的詞，便昭示著內心的灰色與悲哀。「你」，一個停頓，將詩歌的聲音拋離出文本，拉近了與物件之間的距離。「拉近某一點」，短暫而急切的表述，再次通過言語騰空了抒情主體飽滿的情緒。「從來沒有地方，沒有風，只有變遷」，兩個「沒有」，不斷抵進空白的思緒，「只有變遷」，終於表露了詩人內心的孤寂與無奈，而「棲居空間」，以封閉的姿態包裹著心情，「沒有手啊，只有餘溫」，又一個「沒有……，只

有……」句式，將內裡的情結無限的放大、蔓延，呈現出一幅空寂
的圖景。

結語

　　文中，筆者將視線集中於張棗詩歌中的意象與場景的疊加，以
及元詩與聲音的實驗，從中抵進詩人張棗的抒情聲音。至始至終，
聲音都不是德里達意義上的物理性質，而指向的是詩人與現實、與
情感之間發生的意義關聯。就這一點而言，張棗那一閃疾馳的哀鳴
聲，變得越來越明朗。他低沉的敘說內心的苦楚，又那樣急迫地想
追尋言說的對象。而這追尋時常又不是實指，也因此，文本顯得極
為空幻與虛無。鐘鳴在《籠子裡的鳥兒和外面的俄狄浦斯》中提
到，「呼吸決定著語言節奏和音勢這點，每個人的感觸方式不一
樣。」[11]的確，就聲音的命題而言，好的詩歌文本所呈現的是完滿
的節奏感。早在一九四五年，錢谷融曾在《論節奏》中就強調過這
一問題，「歷來中國文人的非常重視朗誦與高吟，就是想從聲音之
間，去求得文章的氣貌與神味的」，而「就個體言，氣遍佈於體內
各部，深入於每一個細胞，浸透於每一條纖維。自其靜而內蘊者言

---

[11]　鐘鳴：《籠子裡的鳥兒和外面的俄爾甫斯》，《當代作家評論》，1999年
　　　第3期，第84頁。

之則為性分，則為質素；自其動而外發者言之，即為脈搏，即為節奏」[12]，文章極為透徹地指出，聲音節奏與氣息、情感和精神的關係，但卻沒有得到應有的重視。從古至今，聲音都是詩歌的精神命脈，回歸這一傳統，無疑會為漢語詩歌開拓更為系統的研究路徑。就這點而言，張棗的詩歌必將成為這條線索中極具特色的個案。

---

[12] 錢谷融：《論節奏》，《錢谷融論文學》，上海：華東師範大學出版社，2008年版，第30-31、25頁。

陳東東：輪迴與上升

我穩坐有如花開了一夜
雨中的馬
雨中的馬也註定要奔出我的記憶
我拿過樂器
順手奏出了想唱的歌

——《雨中的馬》

鑽石引導，火焰正
上升。讚歌持續俾特麗采
在中午的岸上你合攏詩篇
你疲倦的眼睛
又看見一個下降的冬夜

——《冬日外灘讀罷神曲》

引言

　　二十世紀八〇年代，朦朧詩潮在爭議中席捲而過，一部分第三代詩人試圖顛覆詩歌傳統，在斷裂的軌跡裡勾勒新的詩歌脈絡；而另一部分則選擇在艱難的語境中延續詩歌傳統，返歸漢語詩歌的家園。就後者而言，可以說，陳東東是那個時代與傳統詩歌較為貼近的詩人之一，他不斷地在中西方詩歌的交叉影響中，重拾比興與聲音，幻化出理想的詩句。在他的詩歌中，我們看不到于堅、韓東等詩人口語化的詩歌表達，抒情的意象化書寫以及節奏的音樂性傳達，成為他詩歌與傳統之間最貼切的對接。陳東東極為重視聲音與詩歌的關係，他提到過，「需要一行詩，一個詞，甚至只需要一個聲音，去重新落實懸浮的世界。」[1]聲音所彰顯的內涵，已不再停留在平仄、格律等詩學話語與評價系統中，隨著詩歌內蘊豐富性的加強，又被賦予了新的內涵。複遝、回環的詩歌結構、情緒化的詩歌語調、以及詞語或者句子之間的承接中斷，都構成了他詩歌創作中的聲音美感，凸顯出他自覺的生命律動和劇烈的情感浪潮。他在詩歌中，反覆提到「一種節奏超越亮光追上了我」、「她跟一顆星要同時被我的韻律浸洗」（《夏之書》），而他的詩歌文本《流

---

[1]　陳東東：《一排浪》，《青年文學》，2000年11月，第109頁。

水》，更是將音樂的空境發揮到了極致，「空氣傳遞音樂，將抵達寶塔和寺僧之時，音樂卻已經變成了空無。」音樂重複出現，吐露出詩人對於音樂的敏感性，猶如東坡奏起的琴歌。而詩歌中，陳東東所經營的音樂效果，彰顯出輪迴與上升的抒情功能。

一　音樂性的自律

　　陳東東對於音樂的感覺，向來頗有自律性。把握詩人的這種自律，是一件極為困難的事情。因為，我們似乎無法抵達詩人感覺上的一種自動性。然而，陳東東在一次題為《詩跟內心生活的水準同等高》的訪談中，為探討他詩歌中的聲音問題打開了局面。「把握語言的節奏和聽到詩歌的音樂，靠呼吸和耳朵。這牽涉到寫作中的一系列調整，語氣、語調和語速，押韻、藏韻和拆韻，旋律、複遝和頓挫，折行、換行和空行……標點符號也大起作用。寫詩的樂趣和困難，常常都在於此。由於現代漢詩沒有一種或數種格律模式，所以它更要求詩人在語言節奏和詩歌音樂方面的靈敏天分，以使『每一首新詩』都必須去成為『又一種新詩』」。[2]事實上，「有效的詩歌理論是被建構出來的」[3]，即使二十世紀八〇年代以來詩歌中的聲音在形式上缺乏規律，但也正因為此，才更體現出詩人的聲音特質漸趨成熟，詩歌的聲音問題有待構建。

　　陳東東的父親是上海音樂學院的教授，而他的母親曾在越劇名

---

[2]　陳東東、木朵：《陳東東訪談：詩跟內心生活的水準同等高》，《詩選刊》，2003年第10期，第85頁。

[3]　[英] M.H.艾布拉姆斯，趙毅衡、周勁松等譯：《以文行事：艾布拉姆斯精選集》，南京：譯林出版社，2010年版，第206頁。

老生張桂鳳門下學戲，後成為上海越劇院的演員。在成長過程中，備受音樂滋養的陳東東，對於聲音的敏感，有一種與生俱來的驕傲。與之相關的是，對於詞語所造成的特殊聲音效果，在他的詩歌中也獨具一格。柏樺稱陳東東的詩歌具有「吳聲之美」[4]，祖籍江蘇吳江蘆墟又生活在上海，地域文化的浸潤已滲透於他的詩篇中。因為古時吳歌產生於江南地區，「四方風俗不同，吳人多作山歌，聲怨咽如悲，聞之使人酸辛。」[5]陳東東的詩歌可謂承繼了吳歌複遝、婉約、低沉而優美的樂音之美。

> 黑暗裡會有人把句子點燃／黑暗並且在大雨之下／會有人去點燃／隻言片語，會有人喃喃／低聲用詩章安度殘年
>
> 在青瓦下，在空曠的室內／會有人用燈把意義點燃／會有人驚醒／獨自在黑暗裡／聽風吹雨
>
> 獨自在窗下／會有人看清點燃的街景／馬車馳過，似乎有千年／早已在一片夕照裡入海／馬車馳過，像字句被點燃／會有人看清死已可期
>
> （《殘年》，一九八六）

---

[4] 柏樺：《左邊：毛澤東時代的抒情詩人》，南京：江蘇文藝出版社，2009年版，第264頁。

[5] 張邦基：《墨莊漫錄》卷四，孔凡禮點校，北京：中華書局，2002年版，第116頁。

　　詩人渴望在黑暗裡表達與殘年相關的情感基調，字句所勾連起
的詩章成為殘年的燈盞，將意義與幻想點燃。陳東東的詩歌，被
臧棣指認為「華美」的言辭[6]。似乎與敘事類詩歌或者口語詩歌相
比，其詩作在華美的外表下，顯得較為抽象，無法觸摸到具體的所
指。但華麗並不意味著空洞，因為無意義的空洞只能指向虛無主
義，但在陳東東詩歌中讀到的反而是形而所蘊藉的豐富意義。《殘
年》開篇，兩次提到黑暗，是黑暗將句子點燃，同時，在黑色的雨
景中，詩人的喃喃聲最終構成了詩篇。在鋪展與延伸中，黑色被渲
染至極限，從而引出「會有人」做的事。第二節中，詩人進一步延
宕「會有人用燈把意義點燃／會有人驚醒」，在落筆與思索間，返
回到黑暗與雨水中。第三節，「會有人看清點燃的街景／馬車馳
過，似乎有千年／早已在一片夕照裡入海／馬車馳過，像字句被點
燃／會有人看清死已可期」，再次拉伸了情緒的表達，從黑色背景
中，剝離出想像的空間，那點燃的意義是「夕照裡入海」，是「馬
車馳過」，是「死已可期」，這三種場景都淹沒在思緒中，又被燈
點燃，幻化為字句。這首詩歌，在聲音的表達上，不斷地拉長抒情
語調，延長抒情細節，如一灘潑開的液體，在黑暗與死亡的對照中

6　臧棣：《後朦朧詩：作為一種寫作的詩歌》，《中國詩歌九十年代備忘
　　錄》，北京：人民文學出版社，2000年版，第205頁。

戛然而止。而寫於一九八一的《詩篇》，是他早期詩歌創作中的一首代表作，陳東東的青春寫作便開始嘗試聲音的奏鳴音效，可見，他已意識到，倘若沒有聲音的節奏和呼吸，那麼，詩歌與散文、小說則無異。

> 在土地身邊我愛的是樹和羔羊／滿口袋星辰岩石底下的每
> 一派流水／在土地身邊／我愛的是土地是它盡頭的那片村
> 莊／我等著某個女人她會走來明眸皓齒到我身邊／我愛的
> 是她的姿態西風落雁／巨大的冰川她的那顆藍色心臟／琮
> 琤作響的高大山嶺我愛的是／琴弦上的七種音色／生活裡
> 的七次失敗七頭公牛七塊沙漠／我愛的是女性和石榴在駱
> 駝身邊／我愛的是海和魚群男人和獅子在蘆葦身邊／我愛
> 的是白鐵房舍芬芳四溢的各季鮮花／一片積雪逃逸一支生
> 命的樂曲
>
> （《詩篇》，一九八一）

吳歌複遝回環的樂感，加之陳東東在創作追求的騰躍效果，可以說，這種低沉、婉轉，騰躍的音樂感覺，一直包孕於他的詩歌生命中。《詩篇》中以「我」為抒情主人公形象，在語詞音樂之間尋找著關聯，荷爾林德說過，語言既是最清白無邪的事業，也是最危險的財富，而這種危險則來自於對個體存在的威脅。「語言不是人

所擁有的許多工具中的一種工具；相反，唯語言才提供出一種置身於存在者之敞開狀態中間的可能性。唯有語言處，才有世界。」[7]語言即存在本身。與眾多二十世紀八〇年代創作的詩人一樣，關注詞本身，返回語言之鄉，成為其思想的皈依。陳東東將語詞的追逐，與音樂之間進行了銜接。「七」在陳東東的詩歌中是一個特殊的數位，這數位首先是音樂中的七個音符，在某種意義上，其代表的更是一種聲音上的命數，它指向音樂本身，也指向詞語的生命律動。這種命數的規律，在陳東東二十七歲那年變得尤為明顯，因為他從唐代詩鬼李賀身上看到了二十七歲生命終結的命運。讀陳東東的詩行，很自然地有種讓人吟唱的衝動，《詩篇》的首句不斷地重複「我愛的是」，在平穩的詩行中，卻凸顯了細微地情感變化。「樹」、「羔羊」、「流水」，同樣不斷地加長名詞的修飾成分，以綿延愛的深意。而「在土地身邊」與「我愛的是土地」，「我愛的是她的姿態西風落雁」與「琮琤作響的高大山嶺我愛的是」之間形成了一種回環的音響效果。結尾處又一次延續詩句的長度，又一次獲得了一種情感的延宕。其中，詩篇中間「七種音色」和最後的「生命的樂曲」，無疑完成了音樂與詞與生命的勾連。

這種聽覺上對音樂的興趣，一直在陳東東的詩歌中存在著，從

---

[7]　[法]海德格爾著、孫周興譯：《荷爾德林詩的闡釋》，北京：商務印書館2004年版，第40頁。

早期詩歌中直接的表達，到他的《流水》中對於音樂的抽象書寫，
以及最終將音樂幻化入詩句當中，漸漸成熟地昇華了聲音在詩歌中
的獨特性。可以說，陳東東是一位詩人，更是一位歌者，他將詞與
音樂交相融合，在不斷地詩學嘗試中，更堅定了詩歌之精髓。正
如，「沒有形式，就沒有詩歌」的論斷，詩歌首先是一種形式的藝
術。然而，形式本身又不僅僅是形式，其必然因情緒與意義而生，
並最終返回情感與意義。所以，探討聲音與抒情傳統在陳東東詩歌
中生成的可能，不得不考察其詩歌匯總意象所蘊藉的情感內涵。就
這點而言，筆者從他的詩歌創作中，歸納出禪意與上升兩種並生的
主題，從中反觀聲音的抒情性。

二　禪意的輪迴

　　　　這是清涼的蘆席，這是清涼的水
　　　　　　這是粗糙的太陽
　　　　　　戶外浩大的太陽
　　　　這是我的居所，半個夏天的居所
　　　　　　這是我的詩章
　　　　　　供你誦讀的詩章
　　　　這是街口，光滑的汽車，濕潤的面容
　　　　　　如同黑色卵石的季節

　　這是鳴蟬高唱的樹木

下午的餘蔭，耀眼的玻璃，這是

　　遮擋豔陽的屋簷，燦爛的

　　鯊魚，歸帆的姿態

這是帷幕背後的裸體，黯淡的短髮

　　黃金的左腿

　　一群雨燕向街心聚攏

這是出門看海的日子，獨坐的日子

　　低語的日子，這是

　　蘆席清涼的，海

就在手中，背後的牆上呈現出詩章

　　　　　　　　　　　（《詩章》，一九八六）

　　一九八一年，陳東東開始寫詩。在他早期嘗試的詩歌創作中，
自我情感的表達相當充沛。正是因為情緒的起伏顯著，在聽覺上往
往帶給讀者強烈的音響效果。《詩章》創作於一九八六年，詩歌中
以「這是」的句式開頭，展開詩歌的節奏，在對稱的抒情語調裡，
詩人遵循一種情緒上的勻稱性。其中，「這是鳴蟬高唱的樹木／下
午的餘蔭，耀眼的玻璃，這是／遮擋豔陽的屋簷，燦爛的／鯊魚，
歸帆的姿態」，則切斷了詩歌的這種勻稱感，以短句和斷裂的方
式，加快了情感運行的速度。「這樣的對稱裡，另一個對稱的反例

出現，目的則幾乎是為了打破這對稱的格局。」（《流水》）的確，在陳東東的詩歌中，常常出現這種回環往復的節奏感。《詞語》一詩，詩歌的每節都以「巨石之上／正對淨化物質的大海」結尾，但在詩篇的中間又有些微的變化，兩個相對的「正對淨化物質的大海」分別出現第二節的結尾和第三節的開端之處，形成一種半封閉的詩章結構，既呈現出對稱與平衡，又加入了變化的元素。詩人在情緒波動中延續著對於語詞本身的思考，與個體的思維律動感保持一致。在此基礎上，詞語已不再是詞語本身，而是通向真理的符號。同樣，詩歌《點燈》，「把燈點到石頭裡去」，「把燈點到江水裡去」，在重複中反覆營造一種詩歌的勻稱性，而最後的「點燈」，則打破了這種速度，變得短促、簡練。同樣的表達，在陳東東的詩歌中多次呈現，表露出詩人創作中對於聲音的自覺。

如果說，石頭、燈、雨，是他營造詩歌意境的慣用語詞，那麼，我們同樣能夠看到在色彩的多樣性上、在禪意的發揮上、在思考的縱深方向上、以及在音樂與語言的追求方面，他都試圖挖掘詩意上的深度。陳東東的詩歌中平靜和節制多於激情，他所追求的是一種個人空間感極強的生活方式，他內心的禪境，在少林寺的生活以及在西藏的遊歷，都或多或少的與詩歌中的場景構成了某種關聯。敲打、鐘聲、勻速的節奏感，總能在詩歌中隱隱出現。一九九九年冬季，他曾在嵩山少林寺生活了九個月，夜晚在寺廟中看繁星的感覺，像「自己的天靈蓋像是在為整個夜空打開了，可以讓這片

夜空沉降下來，進入我體內，我的丹田…」黑暗中，遠離塵世的喧
囂後，平和沖淡的氣息遍佈詩人的詞句中。在陳東東看來，寫長詩
是耗費體力和時間的事情。的確，對於尊重詩歌語言的詩人而言，
每一次詩歌創作，都意味著一種精神上的洗劫，那麼，長詩的創作
更是掏空似的讓詩人難以繼續。就這點而言，陳東東詩歌具有一定
意義上的封閉性，他的組詩創作，由短詩連接而成，相對完整。如
他的《夏之書》：

> 黃道十二宮傳遞著消息／傳遞著消息　在石頭築成的
> 高臺之上／烏有之王衛護的手　探尋的手　從一個白晝／
> 向另一個白晝／黃道十二宮傳遞著消息
>
> 黃道十二宮傳遞著消息／傳遞著消息　斧鉞的反光把
> 語言映照／我開口的時候有水滴凝結　像一種落花／像射
> 日的彎弓收縮進冬天／黃道十二宮傳遞著消息
>
> 黃道十二宮傳遞著消息／傳遞著消息　粉白的四壁間
> 有我的記憶／我是在舒展的翼翅下說話　在冷風吹打的回
> 廊裡趺坐／我敘述的是我那唯一的旅行／黃道十二宮傳遞
> 著消息
>
> 黃道十二宮傳遞著消息／傳遞著消息　更高的星宿是
> 更黑的陰影／在這座五月的城市裡　烏有之王已敞開了夢
> 境／他傾聽又傾聽／黃道十二宮傳遞著消息

又或者

　　我生於荒涼的一九六一　　我見過街巷在秋光裡卷刀／
有多少次　　我把手伸給黑暗之樹／死亡之樹　和太陽在蔥
郁中完整的另一面

　　我生於荒涼的一九六一　　我潛行於秋天古老的簷下／
看風景黯淡／如記憶衰退的悲慟年華／我觸摸過最為寒冷
的星宿／那一顆翻車魚封凍的／太陽　看蝙蝠飛翔如疼痛
的信號

　　我偶然彈撥毛髮和琴弦　　在深冬僅有的春天裡對雪／
我接受指引　　枕放頭顱於語言的河上／霧靄的窗前

　　鮮花裡綠松石花蕊的肩頭／我生於荒涼的一九六一
我衣袋裡兜滿了／細沙和火焰

　　我生於荒涼的一九六一　　在酸澀的叫喊間／學會了記
憶／我見過蒼茫裡黑暗的神　仇恨的神／陰毛捲曲的失望
的神／我生於荒涼的一九六一　　從一種飢餓到另一種飢餓

　　詩人在結構詩歌時，一種輪迴的習慣性創作方式，自動地調整
句子與句子間隔的距離。無論「黃道十二宮傳遞著消息」，還是
「我生於荒涼的一九六一」，都像是有始有終地完成一種情緒上的

完滿。除此之外，較具有說服力的是他的詩歌《秋歌二十七首》，全詩分為二十七首，每首二十七行，每首六節採用五－四－五－四－五－四的行數安排，可見，陳東東在詩歌音樂性的節奏安排上有強烈的自覺意識。然而，與翟永明、楊煉等敘事詩人不同，陳東東的詩歌並非在詩歌空間結構上有意為之，他所表達的也與情節無關，他的詩歌指向的永遠都是情緒的流動、與所要表達的語義緊密相關。因此，在回環的封閉式形式中，陳東東將禪與詞語、與音樂融為一體，集中地展現了詩意的經營。也正是由於在詩歌形式層面上的自律，才造成了其創作中缺乏開放性。他所表達的情感，在較多意義上，是偏向於節制與冷靜的。也許陳東東的詩歌，在閱讀上不會喚起讀者激越的心理動盪，而是通向了圓融的克制，這點正與他柔軟的意象和銳利的詞語搭配所產生的效果相仿。

三　意象的上升

　　大海是詩人慣用的意象之一，在海水的波瀾裡，能依稀感覺到詩人的情感起伏。海已經成為其詩歌中固有的生命表徵。他曾經提到過，之所以對海如此著迷，一方面是因為詩人從小生活在上海，上海這座城市帶給詩人的是流動、漂泊，正如劉漫流曾為海上詩歌群體的命名一樣：「被推了過來」，「或者正向岸靠近，或者正在遠離，而詩是他們腳下的船，一種『恢復人的魅力』的手

段。」[8]。倘若說，他上世紀九〇年代創作的與城市相關的詩歌，更強調的是都市的不真實感，那麼有關大海意象的詩篇，則關注的多是一種被推遠的疏離感，以及動盪所帶來的不安。

> 這正是他們盡歡的一夜／海神藍色的裸體被裹在／港口的霧中／在霧中，一艘船駛向月亮／馬蹄踏碎了青瓦
>
> 正好是這樣一夜，海神的馬尾拂掠／一枝三叉戟不慎遺失／他們能聽到／屋頂上一片汽笛翻滾／肉體要更深地埋進對方
>
> 當他們起身，唱著歌／掀開那床不眠的毛毯／雨霧仍裝飾黎明的港口／海神，騎著馬，想找回洩露他
>
> 夜生活無度的鋼三叉戟
>
> （《海神的一夜》，一九九二）

《海神的一夜》將詩人最常用的兩個的意象凝結為一體，即「海」和「馬」。這兩個意象在陳東東詩歌中呈現出不同的心理狀態。就「海」意象而言，在楊煉的詩歌中也頻繁的出現。而陳東東詩歌中的「海」，更強調一種距離上的疏離感，與「馬」一起騰向

---

[8]　徐敬亞、孟浪等：《中國現代主義詩群大觀1986-1988》，上海：同濟大學出版社，1988年版，第70頁。

遠處，所謂的遠處，指的是精神上的流浪。肉體的對話以及城市的迴響，在詩歌中得到了統一，在「海」意象的包裹中，詩人瞬間變成了浪子，於曠野裡奔馳、幻想，毫無限度地魂游，逃向夜的深處。詩歌以「這正是他們盡歡的一夜」或者「正好是這樣一夜」展開，都將流浪推向了以下降為參照的更遠的追尋。因此，從「馬蹄踏碎了青瓦」，「肉體要更深地埋進對方」到「海神，騎著馬，想找回洩露他／夜生活無度的鋼三叉戟」，從空間意義上構成了跳躍的思緒，使得詩歌的音樂感覺溢出文本之外。

> 噴泉靜止，火焰正／上升。冬天的太陽到達了頂端／冬天的太陽公正浩蕩／照徹、充滿，如虛構的信仰／它的光徐行在中午的水面
>
> 在中午的岸上，你合攏詩篇／你甦醒的眼睛／看到了水鳥迷失的姿態／那白色的一群掠過鐵橋／投身於玻璃反光的境界
>
> 排遣愁緒的遊人經過／湧向噴泉和開闊的街口／他們把照相機高舉過頂／他們要留存／最後的幻影
>
> 鑽石引導，火焰正／上升。讚歌持續俾特麗采／在中午的岸上你合攏詩篇／你疲倦的眼睛／又看見一個下降的冬夜
>
> （《冬季外灘讀罷神曲》，一九九〇）

　　在陳東東上世紀八〇年代以來的詩歌創作中，「鳥」意象頻繁的出現，在北島、柏樺、歐陽江河、西川的詩歌中，也不乏其例。「鳥」這只在高空中飛翔的生物，幾乎成了詩人們形而上追求的一個意義符號，飛行的姿勢無疑通向了一種儀式性的神聖。而在陳東東的詩歌中「鳥」又多了一重迷失的心理狀態。在《冬季外灘讀罷神曲》中，火焰上升與迷失的鳥處於同一水平線上，抽象化地演繹了讀罷《神曲》後情緒的升騰感。「噴泉靜止，火焰正／上升」與「鑽石引導，火焰正／上升」，標示著兩次情緒的膨脹。這情緒在冬季、在中午、在外灘的時空情境下，顯得格外突出。因此，兩次看似突兀的「上升」，更加劇了對抒情環境的關注。一方面在精神層面上，對理想的追求；另一方面，自我又漸漸進入迷失的情景中。二者交織出現，使得詩歌本身在聲音表達上既激越，又迷離，陷入兩種精神狀態的制衡中。很明顯，詩歌的第一和第二節依循情緒的高漲，而中間兩節則相對克制。正如整首詩歌，即使是以「上升」起篇，但詩人仍在「它的光徐行在中午的水面」、「投身於玻璃反光的境界」、「又看見一個下降的冬夜」這樣的詩句中徘徊，於是，「上升」與「下降」也同樣在詩歌中形成意義層面上的制衡。在猶豫中，加深了「鳥」所蘊含的迷失意蘊。他的詩歌《起身》，「清晨也是欲望甦醒的時刻／是飢餓之鳥飛離峭壁的時刻／是想曬太陽之鳥飛離峭壁的時刻／也是尋找幸福之鳥飛離峭壁的時刻」，這在陳東東的詩歌中，已是較為激越的情緒表達，一次

次地昇華清晨之音，不斷地加強句子在聽覺上的難度，延長了抒情
的時間。後兩節中相繼出現了「清晨也是精神抖擻之樹」，「清晨
也是雄心勃勃之日躍出大壩的時刻」，不斷地明確詩句所要傳達的
意蘊，似升騰的血液一沖而上，凸顯出內心的洶湧。結尾處，「等
到我終於穿好衣服，窗下就能聽見／魚群歌唱，也能看到上學的孩
子」，思緒又漸漸地平息了下來，像海水的浪波，又像是歌曲的音
浪，有高潮，又有平靜。創作於一九九五年的《烏鴉》，「而我卻
夢見另外的烏鴉／從廊柱隱秘的陰影裡脫胎／它升到象徵的戲劇之
上／看黑夜到來──黑夜多奇異」，也同樣隱喻性的將這只黑色之
鳥置於上升的境地，知性地思考烏鴉在黑夜中的形態。詩歌冷靜、
克制，詩節沒有明確的情感表徵，而詩人較客觀地陷入思考並敘述
了生命的存在，破折號的使用，延宕了烏鴉生存背景的敘述時間。

　　「奔馬」與「海」、「鳥」意象不同，如果說，「海」打開了
詩人寬廣的懷抱和思緒，鳥常常處於飛翔的迷失狀態，而「奔馬」
則無疑增強了詩歌的靈動、迷幻與超現實感。這三個意象的出現，
為陳東東詩歌中聲音的抒情化表達，起了至關重要的作用。《雨中
的馬》是陳東東表達這一意象的代表作之一：

　　　　黑暗裡順手拿一件樂器。黑暗裡穩坐

　　　　馬的聲音自盡頭而來

　　　　雨中的馬

這樂器陳舊，點點閃亮

像馬鼻子上的紅色雀斑，閃亮

像樹的盡頭

木芙蓉初放，驚起了幾隻灰知更鳥

雨中的馬也註定要奔出我的記憶

像樂器在手

像木芙蓉開放在溫馨的夜晚

走廊盡頭

我穩坐有如雨下了一天

我穩坐有如花開了一夜

雨中的馬

雨中的馬也註定要奔出我的記憶

我拿過樂器

順手奏出了想唱的歌

（《雨中的馬》，一九八五）

　　早在一九八○年，陳東東就受到超現實主義詩人埃利蒂斯的長詩《理所當然》的影響，使得幻想與詞語之間發生了劇烈的碰撞。西方超現實主義更強調的是一種行為，這種行為指向的是對傳統的

顛覆與破壞，「陳東東的『超現實』情結其實多半源自於橫亙在書寫者與現實的那層緊張關係。」[9]所謂的緊張感，更多層面上來自抒情主體於與意識形態間的現實疏離感，而並非是西方語境中的斷裂，然而恰恰成為了接續傳統的詩藝轉折。超現實主義詩歌推崇天馬行空的藝術特色，幻覺的流溢為陳東東的詩歌提供了更為寬廣的想像空間。雨中的馬與樂器交織在一起，自動地在記憶與黑夜中跳躍，詩歌中無論是重複，抑或是長短句的變奏，都極為迅速的展開，又結束，彰顯出跳躍的詩歌律動。意象的騰躍與詩句的變奏，鉤織出詩句的靈動與飄逸。而跳躍的音樂感，在陳東東新世紀以來創作的四〇首詩歌中也不乏其例，與之相呼應的是，戲仿與超現實的詩風變遷，更加劇了聲音的動態感。以詩歌《梳妝鏡》為例：

> 在古玩店／在古玩店／手搖唱機演繹奈何天／鏤花窗框裡，杜麗娘隱約像／彌散的印度香，像春宮／褪色，屏風下幽媾
>
> 滯銷音樂被戀舊的耳朵／消費了又一趟；老貨／黯然，卻終於／在偏僻小鎮的烏木櫃檯裡／夢見了世界中心之色情

9　李振聲：《季節輪換：「第三代」詩敘論》，上海：復旦大學出版社，2008年版，第127頁。

　　「那不過是時光舞曲正／「倒轉……」是時光舞曲／
不慎打碎了變奏之鏡／雞翅木匣，卻自動彈出／梳妝鏡一
面／梳妝鏡一面

　　映照三生石異形易容／把世紀翻作了數碼新世紀／盜
版柳夢梅玩真些兒個／從依稀影像間，辨不清／自己是怎
樣的遊魂

　　辨不清此刻是否即／當年──／在古玩店／在古玩
店：膠木唱片／換一副嘴臉；梳妝鏡一面／映照錯拂
弦……回看的青眼

　　如此夢幻的、不連貫的情感表達，在陳東東新世紀以來的詩歌
中變得尤為突出。這無限的跳躍，在整個二十世紀八〇年代以來的
漢語詩歌文本中都較為罕見。詩人創作中複遝回環的痕跡逐漸消
失，所遵循的是更自然的生理與情緒之共鳴。陳東東不但青睞超現
實主義詩歌，他個人對於中國古典詩人辛棄疾和李賀也偏愛有加。
除此之外，包括對於詩人卞之琳詩風的吸取，從其詩歌中也可窺見
一二。可以說，陳東東詩歌創作的靈感，主要來自於閱讀和旅行。
在閱讀中，汲取中西詩歌的精髓；在旅途中，融入了對於生命本身
的理解。如果說李賀、辛棄疾或者卞之琳，在其詩歌創作中起著關
鍵作用的話，那麼天馬行空、灑脫、跳躍，以及對意象的多面向追
求，無疑是陳東東對現實變形、幻想的創作基點。由此，多元化的

嘗試，自始至終在陳東東的詩歌中表現得都較為明顯，這也不斷地
喚起讀者對其詩歌的期待。

結語

　　聲音作為一種詩學觀念，已延續至今，但缺乏較為系統的建
構。探討聲音，其實從根本而言，是在探討詩歌的傳統，梁宗岱早
在《新詩低紛歧路口》中就認為：「從效果看，韻律底作用是直接
施諸我們底感官的，由音樂和色彩和我們底視覺和聽覺交織成一個
螺旋式的調子，因而更深入地銘刻在我們底記憶上；從創作本身而
言，節奏、韻律、意象、詞藻……這種種形式底元素，這些束縛心
靈的鐐銬，這點限制思想的桎梏，真正的藝術字在它們裡面只看見
一個增加那些散的文字底堅固和彈力的方式，一個磨練自己的好身
手的機會，一個激發我們最內在的精力和最高貴的權能，強逼我們
去出奇制勝的物件。」[10]事實上，自胡適所宣導的白話詩歌運動發
生至今，新詩已走過了將近百年的歷程。回首，對於詩歌與聲音話
題的關注從未消失過，然而，邁入二十世紀八〇年代以來，聲音在
詩歌中是否還存在，如果存在又以何種方式而存在，可謂一直是當
代詩學研究中的一個焦點。在文中，筆者闡釋了陳東東詩歌所呈示

---

[10]　梁宗岱：《梁宗岱選集》，北京：中央編譯出版社，2006年版，第139頁。

的抒情聲音特質，進而提煉出輪迴與上升的詩學追求。值得一提的是，對陳東東詩歌節奏的討論，從來都是與情感、與意義不可分割的。儘管聲音在詩人的創作中帶有某種自律，本文的闡釋也許並不能抵達其內心的絕對豐富性，但不可否認的是，對詩歌律動節奏的把握，始終是聲音在二十世紀八〇年代以來漢語詩歌中的重要存在方式。

藍藍：震顫的低音[1]

蝶翅在苜蓿地中一閃
微風使全陜猛烈地晃動

$\qquad\qquad$ ——《正午》

秋天那灰濛濛的遠方彷彿
寺廟的屋頂
在低垂的柳樹間我瞥見
一個顫抖在往事中的幽靈。

$\qquad\qquad$ ——《立秋》

---

[1] 本文以聲音為研究視角，探討女性詩人藍藍的書寫姿態。這裡的聲音，指的是語音表達（音韻、聲調）、辭章結構（停頓、分行）、語法特點（構詞、句式）、語調生成（語氣、姿態）等形式的合體。筆者認為，「震顫的低音」是藍藍的聲音特質，凸顯出女性在現實生活中順應、反抗和掙扎的多重心理、情感體驗。

引言

　　就一九八〇年以來女性詩歌[2]的歷史化過程而言，很自然會為
其貼上固有的標籤。二十世紀八〇年代，由女性詩人翟永明開拓的
黑色空間，是「一種來自於內心的掙扎，以及對『女性價值』形而
上的極端的抗爭。」[3]，女性身陷第二性的尷尬處境，不得不在暗
夜中潛行。唐丹鴻、陸憶敏、張真、海男等，她們的聲音是低沉、
扭曲或者變形的，在男權社會的長期壓抑中，只有在黑夜這個私人
化的空間中，才可以遵從內心最真實的情感體驗，才能夠暫時擺脫
由於歷史積澱形成的對女性蔑視和偏見的「深淵」[4]。二十世紀九

---

[2]　唐曉渡在《從黑夜到白晝——論翟永明的組詩〈女人〉》（《詩刊》1986
　　年第6期）一文中提出「女性詩歌」，這裡並非指由女性創作的詩歌，而
　　「不僅意味著對被男性成見所長期遮蔽的別一世界的揭示，而是意味著已
　　成的世界秩序被重新創造和重新闡釋的可能。」本文將女性詩歌理解為由
　　女性創作的文本，首先，從聲音的視角切入為女性詩歌提供了一種合法
　　性；其次，從女性詩歌中聲音的嬗變，更能夠洞悉發聲主體的細微的心理
　　和情感變化。

[3]　翟永明：《再談「黑夜意識」和「女性詩歌」》，載自《詩探索》1995年
　　第1輯，第129頁。

[4]　翟永明：《黑夜的意識》，「每個女人都面對自己的深淵——不斷泯滅和
　　不斷認可的私心痛楚與經驗……這是最初的黑夜，它升起時帶領我們進入
　　全新的、一個有特殊佈局和角度的、只屬於女性的世界。」，載自唐曉
　　渡，謝冕主編：《磁場與魔方·新潮詩論卷》，北京：北京師範大學出版

〇年代，以伊蕾、尹麗川、虹影、李輕鬆等為代表，女性詩人逐漸從二元對立的性別身分中抽身而出，裹雜在大眾消費文化的浪潮中，張揚女性的身體與愛欲。生殖、性愛，成為構建女性書寫體系的關鍵性主題，她們採用戲劇性的表現方式，在獨白、私語與對話間遊移，語音聲調與二十世紀八〇年代相比，顯得輕鬆、明快而熱烈。

生於一九六七年的藍藍，脫離出一九八〇年以來傳統意義上對女性詩人的理解，提供了別樣的女性書寫範例，也成為目前最為重要的女性寫作路向。正如費爾巴哈所云：「我們在戶外和室內判若兩人；狹窄的地方壓迫著心頭，寬闊的地方舒展它們；……哪裡沒有活動的廣闊空間，哪裡便沒有對活動的渴望，至少沒有真正對活動的渴望。」[5]藍藍從室內走向了戶外，從私語、獨白走向了公共性。她不再局限於泛抒情的書寫藩籬，以低姿態的語調，向日常化的寫作挺進。她的創作視角轉向鄉土式的生活場景，將平淡的心境、細微的體察，以淺近的散文化語言揉入詩句中，重視直覺體驗。同時，她還以詩涉事，通過公共性書寫呈現出超越式的姿態和相對開闊的視域。

因此，本文以詩人藍藍作為個案研究對象，通過探討詩人從低微邁向堅毅的滑翔過程，一方面深入愛戀主題中回環的結構和碎裂

社，1993年版，第140頁。

[5] [德]費爾巴哈：《費爾巴哈選集》（上卷），北京：商務印書館1984年版，第205-206頁。

的詩句，另一方面則凸顯公共書寫中對空間意識的自覺和對標點符
號的使用。詩人在走向公共性的過程中，既審視著自我，也審視著
當下的生存現實，聲腔中呢喃出震顫的低音，表現出極具辨識度的
聲音特質。

一　滑翔：低微邁向堅毅

　　詩人藍藍之所以眷戀著小村莊，與她的生活經歷密切相關。一九六七年，藍藍出生於山東煙臺。她一直跟隨姥姥在大沙埠村生活，直到五歲時才離開山東，來到了父親的祖籍河南，在小山村白塔營讀小學。一九七三年，隨父親調至寶豐縣城，繼續讀書。這種質樸純粹的生活方式，在詩人的童年記憶裡，構成了一幅清晰完整的畫面。她時不時地回到過去，讓自己淡然地面對現實的殘酷無情。在這個基礎上，自一九八〇年開始發表處女作《我要歌唱》以來，藍藍的詩歌《在我的村莊》、《在小店》、《歇晌》、《拂曉》等，常常出現小麥、石磨、炊煙與溪水的生活佈景，她所描繪的一幕幕鄉野景致，在夜與夢的沉睡中，格外安靜，「只有夜晚屬於夢想。／只有寂靜的青楊林／槽頭反芻的牲口／只有正午蜜蜂嗡嗡的飛舞——」（《只有……》）。然而，生活環境的改變，地理空間的挪移，從沒有驅散她的記憶。以至於由此延伸出的日常經驗，成為她一以貫之的書寫對象，而詩人在苦楚與傷懷的情緒中，也總能夠躬身拾起質樸、平靜的時光，讓自己歸於平靜，「在我的村莊／燭光會為夜歌留著窗戶」（《在我的村莊》）。

　　躬身的姿態，正是最貼近詩人心靈的原生態動作。而低調、平淡的生活，也成為詩人最容易親近的生活底色，這也是一種接近於

大地的原色。記憶的遠逝，夾雜著現實的遭遇，又為這種原色調的
背景平添了些許的黑暗，故而純淨的村莊也多少帶有了傷懷的意
緒。正如創作於一九九〇年代的詩篇《在小店》中，那滲出文本的
憂傷，盤旋在村莊的上空：

> 去年的村莊。去年的小店
> 槐花落得晚了。
> 林子深處，灰斑鳩叫著
> 斷斷續續的憂傷
> 一個肉體的憂傷，在去年
> 泛著白花花悲哀的鹽鹼地上
> 在小店。
>
> 一個肉體的憂傷
> 在樹蔭下，陽光亮晃晃地
> 照到今年。槐花在沙裡醒來
> 它爬樹，帶著窮孩子的小嘴
> 牛鈴鐺季節的回聲
> 灰斑鳩又叫了——
>
> 心疼的地方。在小店

離開的地方。在去年

（《在小店》）

　　除此之外，藍藍還汲取了朦朧詩歌的養料，同時又獨具創造性
的獲得突破。藍藍自一九八三年開始閱讀北島、多多、顧城等詩人
的詩歌作品，創作中難免帶有朦朧詩歌抒情性的書寫語調。但不同
的是，她並沒有陷入泛政治抒情中，也沒有昂起高傲的頭顱，反而
以低姿態的方式直擊個體的情感生命，又以平靜而感恩的方式碾碎
著生活中的寸寸枯草，「你會慢慢平靜。／時間會使你平靜。／寬
恕也會。」「你將得到真實的／樹林，海洋；以及在歲月裡成為自
己的你。」（《樹林和海洋》）就樸素的日常化書寫而言，藍藍的
詩歌更接近女性詩人王小妮。一九八四年至一九八七年，詩人藍藍
在深圳大學中文系讀書期間，結識了王小妮。王小妮一以貫之地延
續著日常化寫作方式，撲捉著生活的片段。樸素的鄉村生活、簡潔
的語言表達，無疑也與詩人藍藍的個人經驗相契合。然而，藍藍最
初的詩歌區別於王小妮之處，便在於文字所流露出的柔軟的質地，
少了知性，反又多了幾分苦楚。

　　藍藍始終延續著這種樸素的鄉土經驗，然而，伴隨著生活的奔
波和情感的變化，她又擒住了生命中的另一根稻草，即語詞。語詞
幾乎與她心象中的村莊一脈象承，不斷地召喚著詩人以一種站立的
姿勢，去審視自我、觀照現實，「只有風鼓起窗幔……／只有稿紙

靜靜的水底／沉睡著萬物連綿的群山——」（《只有……》）。這其中，花、草、樹木，是藍藍創作中慣用的植物意象。語詞在百合、玫瑰、山楂樹、忍冬花或者香樟的芬芳中，被賦予了一種堅韌的力度，像是她筆下那沙漠中的四種植物：紅柳、沙棗樹、駱駝刺、梭梭柴。詩人內心的抵抗、拒絕、不屈，開始在詞語中生根。她總是給語詞以力量，讓它們站立起來，發出聲響，從而走出脆弱敏感的鞠躬姿態。正如詩歌《關於風景》中寫到的，「一列飛馳的山峰。一片奔跑起來的／椴樹林。田野。田野／這一片風景被語詞抬起／上升。而『水果』／高懸在半空中。」（《關於風景》）一九九一年的詩作《野葵花》，是藍藍花語詩歌系列中頗具代表性的一篇。同樣，「野葵花」根植於鄉野，又凝注了季候性的疼痛、掙扎和決斷：

　　　野葵花到了秋天就要被
　　　砍下頭顱。
　　　打她身邊走過的人會突然
　　　回來。天色已近黃昏，
　　　她的臉，隨夕陽化為
　　　金色的煙塵，
　　　連同整個無邊無際的夏天。

穿越誰？穿越蕎麥花的天邊？
為憂傷所掩蓋的舊事，我
替誰又死了一次？

不真實的野葵花。不真實的
歌聲。
縈疼我胸腔的秋風的毒刺。

（《野葵花》）

　　詩篇中，較為醒目的三個動詞，分別是「砍下」、「穿越」
和「縈疼」，可以看做詩人反觀生命韌性的決斷性力量。而語詞
「刺」，也同樣出現在詩篇《駱駝刺》、《恐懼》等中，它像亙在
詩人的骨骼或者肉體中，無法拔除。從這些語詞中能夠看出，詩人
藍藍的韌性、反彈，在她一九九○年以來的詩歌中初露端倪。這一
方面來自於曲折的生活經歷所帶來的閃電般的刺痛感，以及詩人對
於社會現存體制的審視；另一方面，德國詩人保羅・策蘭（1920-
1970）、法國詩人雅姆（1868-1938）、勒韋爾迪（1889-1960）、
勒內夏爾（1907-1988）、博納富瓦（1923-2016）和俄羅斯詩人茨
維塔耶娃（1892-1941）等的詩歌作品，那些決絕、破碎、痛楚的
語詞所發出的顫慄的聲音，也同樣迅速捕獲了詩人藍藍。正如藍藍
的《真實》中「喉嚨間的石頭意味著亡靈在場／喝下它！猛獸的車

輪需要它的潤滑——」，對策蘭在《死亡賦格》重複表現的死亡指令的化用：「清晨的黑牛奶，我們在夜間喝你／我們在中午喝你死神是來自德國的大師／我們在晚上和早晨喝你我們喝喝」。另外，她在雅姆詩句中攫取的樸素詩歌底色，在茨維塔耶娃詩句中借鑒的決絕態度，在勒內夏爾詩句中撲捉的陡峭的閃電意識，等等，為她的詩歌注入了一道道光芒，推動她從鄉土的氣息中吸收更為多元的聲音元素。

在新世紀以來的詩歌寫作中，這種堅韌的生活態度，隨即賦予藍藍更為全視的現實穿透力，創作的大量詩篇都涉及到了公共性書寫。儘管生活經歷不斷地擊打著藍藍，但波瀾反而更加劇了她的生存張力。她拋棄了女性閨房自憐自怨的書寫筆調，而是將個體生命擱置於社會現實的生存狀況中，與現實的不公和殘忍齊聲共振，從而牽動著整個社會的和聲。藍藍細膩和敏感的低沉音調，終於突圍而出，介入到以男性為主導的政治倫理秩序中，在她的聲腔中微微發出顫音，時刻像警鐘一般搖響。礦難不斷地發生、應試教育帶來的局限性、河南艾滋病村的悲劇等等，所反映出來的社會體制問題，成為引起一系列慘痛事件發生的根源。藍藍的作品《真實》、《礦工》、《教育》、《艾滋病村》、《幾粒沙子》、《嫖宿幼女罪》等，都直接將筆調指向當下的社會問題。《做個貞潔的妻子》是詩人藍藍直接審視女性身分矛盾複雜性的代表作，頗富深意之處在於，她對倫理和道德發出的質疑。詩篇以「做個貞潔的妻

子。而這是／一個人的事情」作為開端，結尾處又再次提到「做個
貞潔的妻子──一樁神聖的事情／但一個人的事情只可能是一個人
的：」，這種反覆，就像烙在女性身上的疤痕，一次一次地在公眾
面前展覽。悖論恰恰就在於，這看似「一個人的事情」，卻被賦予
了公共性。詩人所要強調的倫理選擇，更是女性生存處境的悲哀，
它源自於社會對女性行為的規範性：

　　做個貞潔的妻子。而這是
　　一個人的事情。

　　一個人的碉堡，一個人的工事
　　加固著世界的缺口。鐵錘撞擊
　　火焰羞辱，以她配得上的榮光。
　　不單單是信仰：倫理的戰役

　　而倫理就是選擇，不可能同時有兩次
　　在責任的邊防線上
　　釘下界樁。有時極少的勇士選擇死

　　極少的法官無權追趕偷渡者。
　　藉口永遠可以理解當它意味著

　　他們疼痛到被自己的傷口覆蓋

　　以至於眼睛對他人的顫抖毫無用處。

　　做個貞潔的妻子——一椿神聖的事情

　　但一個人的事情只可能是一個人的：

　　須知更大的玫瑰屠殺來自擴張

　　哪怕在公正的旗幟下。

（《做個貞潔的妻子》）

二　母愛與情愛：回環碎裂的低音

　　在藍藍的詩歌中，母愛與情愛並置而生，融合化解，二者反哺互飲著彼此的汁液，形成一種環繞的結構形式，即「指詩的開始和結尾都使用同一個意象或母題，而此意象或母題在詩的其他地方並不出現。」然而，使用環形結構，其潛在缺陷是「一旦脫離了內容它就顯得過於容易。更糟的是，它會淪為一種呆板的程式。」因此，回到與意義的結合體中，就能夠發現環形結構又不乏優勢，「第一，回到詩的開始有意地拒絕了終結感，至少在理論上，它從頭啟動了該詩的流程。第二，環形結構將一首詩扭曲成一個字面意義上的『圓圈』，因為詩（除了二十世紀有意識模擬對空間藝術的實驗詩之外）如同音樂，本質上是一種時間性或直線性的藝術。詩

作為一個線性進程，被迴旋到開頭的結構大幅度地修改。」[6]

　　以詩篇《母親》為例，回環的結構模式與語義之間構成完美的互動關係。詩歌的開頭和結尾處都提到「一個和無數個」，圖形的環繞、音樂的迴旋，像外殼一般包裹著詩人的心緒。詩篇所要表達的是重複著的時間經驗，它重複了女性生命中母愛與情愛的複現疊加：

　　　　一個和無數個。
　　　　但在偶然的奇跡中變成我。

　　　　嬰兒吮吸著乳汁。
　　　　我的唇嘗過花楸樹金黃的蜂蜜
　　　　伏牛山流淌的清泉。
　　　　很久以前

　　　　我躺在麥垛的懷中
　　　　愛情——從永生的薺菜花到
　　　　一盞螢火蟲的燈。

---

[6]　奚密：《論現代漢詩的環形結構》，《當代作家評論》，2008年第3期，第136頁，第139頁，第137頁。

> 而女兒開始蹣跚學步
> 試著彎腰撿起大地第一封
> 落葉的情書。
>
> 一個和無數個。
> ——請繼續彈奏——

（《母親》）

　　詩篇的開頭，「一個和無數個。／但在偶然的奇跡中變成我。」詩人使用了兩個完整而閉合的句子，「偶然」是時間的表徵，「變成」是結束的形態。通過闡釋「一個和無數個」，於有限與無限的悖謬中，引出語句的完成式。「嬰兒吮吸著乳汁」、「螢火蟲的燈」、「落葉的情書」，涉及到情愛與母愛雙重的女性經驗，詩人藍藍緩緩低吟著綻開的生命奇跡，在女兒的成長中反觀著自己。她嘗過女兒正在吮吸的乳汁，「我的唇嘗過花楸樹金黃的蜂蜜」，她在麥垛的懷裡感受過愛的溫暖，她也從女兒彎腰的姿勢中看到了垂落的情感。同樣，結尾「一個和無數個。／——請繼續彈奏——」再次解釋了「一個和無數個」，凸顯了時間的主題性，它從閉合、終結和有限，走向了蔓延、浸潤和無限。雖是重複，但卻彰顯出情緒紋理的無窮變幻。這種情感，正如她在《祝福》中提到的詩句，「我是她，無數女人中的又一個女人／而那銀色的月光

照臨，從窗簾和枕邊／你的耳畔迴響起我快樂的歌聲，不會是別人」，總是有無數的女人，卻只有獨一的母親。母親的光環是投射在女兒身上的倒影，而女兒也反哺著母親的光照。在處理二者的關係時，藍藍採用回環的詩篇結構，滋生出懷抱的溫暖和生命延續的往復過程，她心懷期許地「願我的愛在你們的愛情中最終完成。」（《祝福》）

除回環結構外，藍藍的詩句中又很難尋到拉伸、延長的修飾成分，往往都顯得簡潔、短促，「或許有一天我會衰老／像一件用舊的農具／可請你不要把它扔掉／像對待一個外人像今天／——今天，戀舊已是降價書裡的／片段」（《今天》）。同樣，也很難尋到猙獰、殘酷和血腥的場景，她的筆調寧靜而平緩，又時常懷抱著寬恕、感恩的心態，「當孩子長大，男人們也離開／你們想著死亡和深夜行走／當年輕的白楊腰肢彎成朽木／你們在傷害和寬恕中將完成。」（《我的姐妹們》）事實上，藍藍總是打破詩句之間或者語詞之間的平衡對稱感，在凌亂的話語中平和地去收拾自己的心情。藍藍追求的是茨維塔耶娃一般「如我所描寫的去生活：簡潔，無暇紙——」（茨維塔耶娃：《無題詩三首》），而這種純粹質樸的愛的信念，卻一次次地被打破。終於，這樣的個人情感體驗，在詩行中慢慢從平滑的敘述中，延伸出一種相對艱澀的表達效果，比如她二〇〇九年的詩歌《哥特蘭島的黃昏》：

「啊！一切都完美無缺！」
我在草地坐下，辛酸如腳下的潮水
湧進眼眶。

遠處是年邁的波浪，近處是年輕的波浪。
海鷗站在礁石上就像
　　　腳下是教堂的尖頂。
當它們在暮色裡消失，星星便出現在
我們的頭頂。

什麼都不缺：
微風，草地，夕陽和大海。
什麼都不缺：
和平與富足，寧靜和教堂的晚鐘。

「完美」即是拒絕。當我震驚於
沒有父母和孩子
沒有我家樓下雜亂的街道
在身邊──如此不潔的幸福
擴大著我視力的陰影……

彷彿是無意的羞辱——
對於你，波羅的海圓滿而堅硬的落日
我是個外人，一個來自中國
內心陰鬱的陌生人。

哥特蘭的黃昏把一切都變成噩夢。
是的，沒有比這更寒冷的風景。

（《哥特蘭島的黃昏》）

　　詩人撲捉到哥特蘭島的完美畫面，但並沒有沉湎於其中。反而，將自我與景致反覆對照，於是完美的世界出現了裂隙，而根源卻在於「我」的存在。詩人嚮往著純淨、質樸的「微風，草地，夕陽和大海」，同樣，詩人也嚮往著崇高和靜穆，如「和平與富足，寧靜和教堂的晚鐘」。然而，儘管這畫面與詩人的心象相一致，詩歌中卻沒有讚美和抒情的修飾性語詞，反被凹陷的詩行（「腳下是教堂的尖頂。」），被長短相間的句式（「和平與富足，寧靜和教堂的晚鐘。」）等聲音形式所打破，整首詩歌被肢解地破碎不堪，顯得孤獨、絕美、淒涼。同樣，她的詩歌《哀泣》中「寫下詩句的手戴的是花環還是鐐銬？窗外的風／拖延著一場緩刑；是死人的屍體／鋪就了這張書桌的自由。是哭聲／令微笑的臉變得蒼白冰冷：／而她哆嗦、她害怕、她的腳跟隨痛苦／踩著危險的鋼絲繩」，

詩人不斷地分離開語詞之間的距離，無限地放大「鐐銬」、「緩刑」、「屍體」、「自由」、「冰冷」、「害怕」、「痛苦」、「鋼絲繩」，讓它們赤裸地在聚光燈下展出，而「花環」與「鐐銬」、「微笑」與「哭聲」又極富反差的並置出現，在愛戀與苦痛的掙扎中烘染出文本的張力。

三　公共性書寫：震顫的空間符號

　　如上文所述，藍藍的創作並沒有局限於個體化的生活經驗，而是逐漸走出自我，或者將自我溶解到更為廣闊的社會現實中。鄭敏曾經說過：「女性詩歌是離不開這些社會狀態和意識的，今後能不能產生重要的女性詩歌，這要看女詩人們怎樣在今天的世界思潮和自己的生存環境中開發出有深度的女性的自我了。當空虛、迷茫、寂寞是一種反抗的呼聲時，它們是有生命力的，是強大的回擊；但當他們成為一種新式的『閨怨』，一種呻吟，一種乞憐時，它們不會為女性詩歌帶來多少生命力。只有在世界裡，在宇宙間，進行精神探索，才能找到二十世紀真正的女性自我。」[7]詩人藍藍對於停頓、分行以及標點符號的純熟運用，讓她在公共性書寫中介入當下

---

[7]　鄭敏：《女性詩歌：解放的幻夢》，載自鄭敏著：《詩歌與哲學是近鄰——結構——解構詩論》，北京：北京大學出版社1992年版，第395頁。

更為普遍的現實生存狀況，以獨具擔當的雄性聲音，使得社會的良心發出震顫的音響效果。

在藍藍的詩歌中，分行、停頓的聲音形式，總是交錯於明晰的空間意識中。就這點而言，較具代表性是詩人創作於二〇〇七年左右的《火車、火車》。往返於家鄉河南鄭州與北京之間的動盪與奔波，對詩人而言，幾乎是一種生活常態。但火車所承載的又不僅僅是自我的日常生活體驗，它還承載著一系列的社會問題，直接衝擊著當下的生存現實，苦痛、辛酸，奠定了詩歌的整體基調：

黃昏把白晝運走。視窗從首都
搖落到華北的沉沉暮色中

……從這裡，到這裡。

道路擊穿大地的白楊林
閃電，會跟隨著雷
但我們的嘴已裝上安全的消聲器。

火車越過田野，這頁刪掉粗重腳印的紙。
我們晃動。我們也不再用言詞
幫助低頭的羊群，磚窯的滾滾濃煙。

輪子慢慢滑進黑夜。從這裡

到這裡。頭頂不滅的星星

一直跟隨，這場墓地漫長的送行

在我們勇氣的狹窄鐵軌上延伸

火車。火車。離開報紙的新聞版

駛進鄉村木然的冷噤：

一個倒懸在夜空中

垂死之人的看。

（《火車、火車》）

　　詩人搖落白晝的幕布，讓火車進入暮色，以暗示時間的變幻。詩節在空間中自覺地轉換，不斷地強化「火車」的語義價值。於是，「黃昏把白晝運走。視窗從首都。」與「搖落到華北的沉沉暮色中」在地域的起始與終點間停頓、分離、隔開。之後，詩人兩次提到「從這裡，到這裡」，其意義迥然不同，但每一次出現都被賦予了深邃的內涵。第一次使用「……從這裡，到這裡。」凸顯的是地理空間的距離感。詩行孤立地站在詩篇中，瞬間留出了空白，在「這裡」與「這裡」之間有了片刻的停延，形成空間在時間上的投射。這種空間上的留白，使得火車在白楊林、田野間穿梭，被逐漸

賦予了閃電的驚怵、死寂的沉默和晃動的不安。第二次出現「從這裡／到這裡。頭頂不滅的星星」，詩人採用了分行的形式，將「從這裡」與「到這裡」分隔，地理空間的轉換過度到生與死的跨越。而詩句「一直跟隨，這場墓地漫長的送行／在我們勇氣的狹窄鐵軌上延伸」，最終在這種空間的拓展中直擊生命。詩篇以「一個倒懸在夜空中／垂死之人的看。」詩人開始環視這個打著「冷噤」的世界，下達著「倒懸」和「垂死」的指令，從鄉間熟悉的「羊群」與「濃煙」中，在回歸的路途上，也回到了死亡之夜。詩人憑藉著自覺的空間意識，結構著詩篇。尤其在《未完成的途中》，她的聲音回蕩在空白的畫面感中，開篇「……午夜，一行字呼嘯著／沖出黑暗的隧道。幽藍的信號燈。」打開的是詩人思緒的隧道。「我想：我愛這個世界。在那／裂開的縫隙裡，我有過機會。／它緩緩駛來，拐了彎……」從方向的變更，來洞悉世界的縫隙。結尾處，「飄著晾曬的嬰兒尿布，慢慢升高了……」，再次以空間移位元的方式，回到日常生活經驗中。整篇詩歌緩緩流淌，但語詞卻緊致地凝結在了一起，觸及到了生活本身的重荷。

此外，藍藍詩歌中最為醒目的特點，便是對標點符號的運用，她聚合對話、獨白與私語的多種發聲可能，喃喃出獨特的戲劇性聲音。正如她在詩篇《釘子》中提到的，「生活，有多少次我被驅趕進一個句號！」在茨維塔耶娃的詩歌中，最為常見的表現手法，就是對於破折號的運用，諸如詩篇《我的大都市里一片黑暗》中，

「而我只記得一個字：夜。／為我掃街的是七月的——風。／誰家
視窗隱約傳來音樂——聲。／啊，通宵吹到天明吧——風，／透過
薄薄胸壁吹進我——胸。」（茨維塔耶娃：《我的大都市里一片黑
暗》），詩人所採用的破折號，以決裂的語言態度，流露出幾分痛
楚而堅定的思緒。同樣，標點符號在藍藍的詩歌中，也疊加出了多
重的意蘊。二〇〇四年的詩作《紀念馬長風》，以河南葉縣詩人馬
長風為原型，書寫了他的生命歷程。馬長風自二十世紀四〇年代開
始寫詩，五〇年代被打成「胡風集團反革命分子」，直到二〇〇四
年去世，一生命運多舛、無人問津，卻保留著堅韌的微笑：

　　……從列車的搖晃中醒來。酷熱
　　汗味和昏黃的信號燈
　　運送著車廂裡的人，在通往
　　死亡的路途中。沒有人想到這一點。

　　起身，在車廂的連接處
　　手指間的火光忽明忽暗，一個老人
　　坐在黑暗裡，默不作聲。
　　鐵輪隆隆碾過長江大橋
　　波浪在他臉上閃閃掠過——

被一個故事講述？他
老右派，倒楣的一生
可曾有人愛過他？當他年輕的時候
走過田埂，頭髮被風吹起來了
漂亮的黑浪翻滾，和我們的一樣

但拳頭和皮帶像一場風暴
把他覆蓋。雪停了，四周多麼安靜
壓住肋骨斷裂處的呻吟。
「他們用腳踩我的臉。」他平靜地說。
我沒有看到仇恨。在黑暗中
他似乎忘了這一切。淒涼的笑
從脫落了牙齒的豁口溫柔溢出

現在，那趟列車終於趕上了我
十五歲，工廠女工
和三位厄運的客人一起
趕赴記憶的宴席。
楊稼生，張黑吞
我面前的座位已經空了……

他喜歡抽煙，很凶

直到命運把他燃燒成一撮灰燼。

——「您能不能少抽點？」

衣裳從手裡掉到地板上

我對著滴答的水龍頭喃喃說……

（《紀念馬長風》）

　　標點符號嵌入到文字當中，凸顯了符號本身的語義功能，它看似無聲，但卻像安置在文字中的巨型音箱，在某種意義上，甚至超越了文字的表達內涵，強化了寫作力度。《紀念馬長風》一詩，共使用了三次省略號。第一次出現在首句的開端，這種表達顯然是詩人藍藍的慣用方式。「……從列車的搖晃中醒來。酷熱／汗味和昏黃的信號燈／運送著車廂裡的人，在通往／死亡的路途中。沒有人想到這一點。」同樣是列車，省略號一方面給讀者以強烈的畫面感，它拖著節節斷續的車廂，連綿地行駛著。另一方面，也是更為重要的，正是詩人最為強調的時間屬性。在時間的延宕中，滲出的汗漬才越發顯得刺鼻，死亡的氣息才揮之不去。第二次「是現在，那趟列車終於趕上了我／十五歲，工廠女工／和三位厄運的客人一起／趕赴記憶的宴席。／楊稼生，張黑吞／我面前的座位已經空了……」詩人娓娓講述著馬長風的一生，他波瀾、倒楣、呻

吟著的一生。而此時詩人陡轉筆調，將視線從書寫物件馬長風轉向自我，他者的命運與自我的生活過往重合在了一起。而這種重合源自於「厄運」和「記憶」，它造成了一種空白與缺席，「我面前的座位已經空了……」，看似平凡的敘述，卻暗合了藍藍祭奠記憶的心境，悵然、酸楚的情緒填補了這片空白的「……」。第三次省略號出現在末尾，「衣裳從手裡掉到地板上／我對著滴答的水龍頭喃喃說……」，是一次心理潛對話。在與馬長風生活經歷的契合中，詩人也給自己一種暗示：去抵消沉默中的灰燼，去彌合生活中的裂隙。「我對著滴答的水龍頭喃喃說……」，與開篇相吻合的是，詩人再次通過省略號切入了畫面，滴答滴答的水龍頭，像時間一般，最終流淌在欲言又止中，留下了顫抖的痕跡。除了省略號，藍藍還習慣使用感嘆號、破折號等標點符號。它們被擱置於不同的位置，成為語義表達中不可忽視的重要部分。《從絕望開始》，「一秒鐘！傲慢的花崗岩朝向我／挨近，說著祕密的火。」感嘆號的運用，加強了時間的緊促和迫近感，它是閃電一般的速度，也是一次決斷。而詩篇《懇求》則將這種標點符號的運用推向了極端，完成了一次擬仿場景的戲劇性對話：

……請對我說：你還記得嗎？
請再說一遍：——你記得嗎？

我聽著，聽著你
——是的。是的！

我就是這樣來的。作為一個人。

還有——你也是。以及
你們。我們

（《懇求》）

　　標點符號與語詞的反覆，佔據了同等的閱讀時間和空間。詩人
在人稱的轉換中，以省略號、破折號完成對話的間歇性。「我」對
「你」的詢問是一種暗示，彼此以無言的方式達成預設。「我」與
「我」之間，詩人重複著「聽著」、「是的」，一個「！」，警醒
而決絕，斷然為語言烙上的重量，讓自我更為堅定地確信內心的暗
示。她將這種懇求，從「你」到「你們」，從「我」到「我們」，
個體衍生出無限的個體集合，形成群體的共鳴和隔膜，介入到公眾
性中，調高了語詞的音效。

結語

藍藍從低微向堅毅的滑翔過程中，聚焦於愛與公共性的雙重主題，發出震顫的低音。首先，母愛和情愛是女性詩人慣用的書寫主題。但藍藍詩歌中回環的結構形式和碎裂的詩句表達，將兩種情感重合疊加，以低音的方式，在生命的延續中激蕩出傷懷、苦澀、碎裂而又寬恕、感恩和崇高的複雜性心理狀態。其次，新世紀以來，包括王小妮、翟永明、鄭小瓊等女性詩人都嘗試著進行公共性書寫，而藍藍靈活地運用停頓、分行和標點符號，體現出語言的高度自覺性，回蕩著震顫的聲音效果。藍藍自二十世紀八〇年代就開始詩歌創作，但卻少有重視。直到新世紀以來，她才引起學界的關注，其中能夠凸顯出女性詩歌的主題轉向日常生活化和公共書寫，發聲方式也逐漸從低音向轟鳴轉型。

附錄一
反觀「太陽」意象中同聲相求的句式

引言

　　蔡宗齊曾指出：「韻律結構是怎樣深深地影響抒情結構呢？兩者不可分割的關係是怎樣形成的呢？在古今的詩學著作之中，我們似乎很難找到這些問題的答案。筆者認為，韻律結構與抒情結構（本文成為「韻律節奏」與「詩境」）脫節的原因是，我們完全忽視了聯繫兩者的紐帶」[1]。在他看來，句式是連接韻律結構與抒情結構的紐帶，通過句式形成的時空、主客關係，與韻律節奏不可分割。事實上，漢語單句的句型結構包括主謂句和非主謂句，

---

[1]　蔡宗齊：《古典詩歌的現代詮釋——節奏、句式、詩境（理論研究和〈詩經〉研究部分）》，《中國文哲研究通訊》，2010年第20卷第1期，第17頁。蔡宗齊區分出漢語的兩種基本句型，即主謂句和題評句（非主謂句）。漢語造句，總是遵循「時空-邏輯原則與類推-聯想原則」。其中，按照「時空-邏輯原則與類推」，組成部分或者完全的主謂句；按照「邏輯原則與類推-聯想原則」，組成題評句，再現作者的可感可思。（關於這點亦可參照蔡宗齊：《節奏句式詩境——古典詩歌傳統的新解讀》，李冠蘭譯，《中山大學學報》（社會科學版），2009年第2期，第27-28頁。）

其中主謂句可分為名詞謂語句、動詞謂語句、形容詞謂語句和主謂謂語句，動詞謂語句又有把字句、被字句、連謂句、兼語句、雙賓句等。而一九八〇年代以來，漢語新詩與「太陽」意象相關的句式，相當能夠說明這種韻律結構與抒情結構之間的關係。當然，在漢語新詩中，「太陽」意象向來備受詩人的青睞[2]，但一九八〇年代以來的漢語新詩在表現這一意象時，由於其內涵發生了變化，聲音也隨之發生了變化。詩人運用一種句式貫通全篇，例如，廖亦武的《樂土》中，「太陽啊，你高唱」採用主謂謂語句式，由小謂語「高唱」延伸出詩篇的內容，在集體意識中高歌君王；江河的《太陽和他的反光》中，「否則他不去追太陽」採用連謂句式，由動賓短語「追太陽」延伸出詩篇的內容，用以追尋傳統文化；海子的《日出》中，「太陽，扶著我站起來」採用兼語句式，由兼語「我」延伸出詩篇的內容，用來表達超越出現實社會體制之外的浪漫主義理想情懷。本文通過考察廖亦武、江河和海子的詩歌文本，管窺與「太陽」意象有關的同聲相求的句式，從中發現因同樣的聲音所產生的集體的感應和共鳴。

---

[2] 郭沫若的《太陽禮贊》、《點火光中》、《光海》等，艾青的《太陽》、《向太陽》、《野火》等詩篇中都反復出現「太陽」意象，主要表現光明、理想和希望；十七年漢語新詩中「太陽」隱喻的是紅色革命，比如郭小川的《望星空》、公劉的《太陽的家鄉》等；朦朧詩歌中「太陽」象徵的反意識形態的咒日觀念，如北島的《太陽城劄記》、芒克的《太陽落了》和多多的《致太陽》等。

一　主謂謂語句式：「太陽啊，你高唱」

　　廖亦武作為新傳統主義詩歌流派的發起人之一，他提到：「我們否定舊傳統和現代『辮子軍』強加給我們的一切，我們反對把藝術情感導向任何宗教和倫理，我們反對閹割詩歌。語言之花嬌弱而燦爛，其本身經歷著誕生、生長、衰老至死亡的過程。」[3]詩人試圖衝破被官方意識形態束縛的語言，而回歸到語言自身的文化傳統。在中國傳統文化中，「太陽」有著君王的象徵，比如語詞「日馭（禦）」指的就是神話中駕馭日車的羲和，常用來比喻君王的車駕。組詩《樂土》的選章《歌謠》中，正午的「太陽」象徵著君王，同時顯現出集體的力量，詩人反覆使用主謂謂語句式「太陽啊，你高唱」引領詩篇：

> 但是一切都是幻象，那熱情的王冠最終屬於
> 　　誰？
> 太陽啊，你高唱，漩渦被你的悲聲麻醉
> 大口吸食空氣中的毒素，猶如一窩窩剛出殼

---

[3]　徐敬亞、孟浪等編：《中國現代主義詩群大觀1986-1988》，上海：同濟大學出版社，1988年版，第145頁。

　　　的小蛇

　　太陽啊，你高唱。曲調豁開遠海的肚子

　　崛起的新地象紫色的肉瘤，密布血脈

　　那些未來之根

　　水夫們向天空伸出八十一隻手臂

　　他們的血裡滲透著太陽的毒素，最莊嚴的深淵

　　　　在他們心裡

　　他們因此被賦予主宰自然的權力

　　而那接近太陽、雙臂合一的魁首，是公認的

　　　　永生者[4]

　　廖亦武的《樂土》，凝聚了悲苦和激情的力量，詩人追問「現在該輪到太陽悲哀了／它的歌謠唱到：「我延續的是誰？」[5]這種疑慮始終存在著，詩人試圖獲得歷史的傳承，如第一行中寫道：

---

[4]　廖亦武：《歌謠》，溪萍編：《第三代詩人探索詩選》，北京：中國文聯出版公司，1988年版，第184頁。

[5]　廖亦武：《歌謠》，溪萍編：《第三代詩人探索詩選》，北京：中國文聯出版公司，1988年版，第183頁。

「但是一切都是幻象，那熱情的王冠最終屬於／誰？」其中，疑問代詞「誰」分行排列，加強問句的力度，表徵著自我認同性的缺失，背離集體的聲音而尋找到自我的歸屬，成為詩人最大的焦灼。重複出現主謂謂語結構「太陽啊，你高唱」，通過謂語結構「你高唱」強調了「太陽」，感歎詞「啊」則提升了抒情效果。一句「太陽啊，你高唱」引領全篇，高歌「太陽」，又讓「太陽」高歌，詩句多次停頓，以逗號分隔開，又多在二字或者三字處頓歇，節奏顯得緊張而急促。可以說，與廖亦武的詩篇《大高原》和《大盆地》相比，在《樂土》中，詩人並沒有真正打開他的喉嚨去歌唱，而是悲憫地哽咽出無根的歌聲。從集體中掙脫而出是「文革」時期一代人的呼聲，然而，走出這片陰霾，詩人瞭望著新生的未來之根，慰藉自我嘗試著走出悲哀，詩句「崛起的新地象紫色的肉瘤，密布血脈／那些未來之根」，「那些未來之根」顯赫地佇立，被隔離而出，形成銜接過去和未來的一塊新領地。但詩人的聲音暴露出他並沒有沖出集體力量的重重阻隔，詩歌中以「他們」作為抒情主人公，「毒素」和「權力」載入於「他們」之上，詩句停頓處彰顯出龐大的群體所面臨的苦痛和壓力。也正是因為集體共有的焦灼狀態，一直綿延於詩人廖亦武的詩歌，所以才會出現多聲部的音樂效果：

　　只有娃兒刺耳的嚎哭使哀歌悲而不傷
　　「婆娘們！婆娘們！！」

水夫們啃著鹹蘿蔔，打著槳，齊聲讚美著

「婆娘們！婆娘們！！」

水夫們心肝裡噙著淚[6]

　　「婆娘們」、「水夫們」都採用複數形式，而「齊聲讚美」又突出了合唱的音樂形式。可見，藉助於集體意識而生成的自我，多依賴於齊聲和鳴，故而這種聲音表現為同聲相求的句式。一九八〇年代以來，走出政治意識形態陰霾的詩人們渴望回到主體性的努力，可以歸結為一種追問自我的形式。查理斯·泰勒把「自我認同」表述為「我是誰」這一涉及人在追問個體存在意義時的一項本質性問題：「對我們來說，回答這個問題就是理解什麼對我們具有關鍵的重要性。知道我是誰，就是知道我站在何處。我的認同是由提供框架或視界的承諾和身分規定的，在這種框架和視界內我能夠嘗試在不同的情況下決定什麼是好的或有價值的，或者什麼應當做，或者我應贊同或反對什麼。換句話說，這是我能夠在其中採取一種立場的視界。」[7]詩人將「太陽」意象擱置於一定的歷史環境，從中可以為「我」在群體中找到一種身分認同感。泰勒認為，

6　廖亦武：《歌謠》，溪萍編：《第三代詩人探索詩選》，北京：中國文聯出版公司，1988年版，第183頁。

7　[加]泰勒，韓震等譯：《自我的根源：現代認同的形成》，南京：譯林出版社，2001年版，第37頁。

對於一個人來講，其自我認同的全面定義又是「通常不僅與他的道德和精神事務的立場有關，而且也與確定的社團有某種關係」[8]可見，自我認同是在與群體的交往中獲得的，一九八〇年代，詩人廖亦武的創作已經有意識走出集體，並且嘗試著從詩歌的觀念上翻新。也就是說，朦朧詩人構築的價值體系是抽象的理想信仰，但卻乏力於破壞舊的而重建新的體制。但廖亦武在觀念上是具有破壞性的，他已經觸及到了集體性的消亡，並為那些呼之欲出的新生力量尋找著「未來之根」。但遺憾的是，從聲音的角度而言，詩人在語法和用詞上，並沒有走出集體性的窠臼，這也體現了詩人從集體走向個體過程中表現出的掙扎和痛苦。

二　連謂句式：「否則他不去追太陽」

江河一九八五年創作的組詩《太陽和他的反光》，其中詩篇《追日》以《山海經》中記載的夸父追日神話為原型。傳說在中國北部的成都載天山上住著一位叫做誇父的人，他耳朵上掛著兩條黃蛇，手裡也拿著兩條黃蛇。他在西方禺穀追上了太陽，但因為途中太渴，喝幹了東南方渭河和黃河的水，但仍不解渴，又準備去

8　[加]泰勒，韓震等譯：《自我的根源：現代認同的形成》，南京：譯林出版社，2001年版，第51頁。

北方喝大澤的水，但卻死在途中，之後他的手杖化作一片桃林。
「太陽」意味著時間和生命意識，如詩句「驚風飄白日，光景弛西
流」⁹，「朝陽不再盛，白日忽西幽。」¹⁰詩人江河抓住「太陽」
所隱喻的時間和生命意識，將其指向即將隕落的中國傳統文化，採
用連謂句「否則他不去追太陽」，由動賓結構「追太陽」拓展出詩
篇，構成一種集體式的共鳴：

上路的那天，他已經老了

否則他不去追太陽

上路那天他作過祭祀

他在血中重見光輝，他聽見

土裡血裡天上都是鼓聲

他默念地站著扭著，一個人

一左一右跳了很久

儀式以外無非長年獻技

他把蛇盤了掛在耳朵上

把蛇拉直拿在手上

9　[三國魏]曹植：《箜篌引》，趙幼文校注：《曹植集校注》，北京：人民出
　　版社，1984年版，第460頁。
10　[三國魏]阮籍：《詠懷》，陳伯君校注：《阮籍集校注》，北京：中華書
　　局，1987年版，第310頁。

瘋瘋癲癲地戲耍

太陽不喜歡寂寞

蛇信子尖尖的火苗使他想到童年

蔓延流竄到心裡

傳說他渴得喝幹了渭水黃河

其實他把自己斟滿了遞給太陽

其實他和太陽彼此早有醉意

他在自己在陽光中洗過又曬乾

他把自己坎坎坷坷地鋪在地上

有道路有皺紋有乾枯的湖

太陽安頓在他心裡的時候

他發覺太陽很軟，軟得發疼

可以摸一下了，他老了

手指抖得和陽光一樣

可以離開了，隨意把手杖扔向天邊

有人在春天的草上拾到一根柴禾

抬起頭來，漫山遍野滾動著桃子[11]

---

[11] 江河：《追日》，《太陽和他的反光》，北京：人民文學出版社，1987年

　　「日」意象承載著詩人在文化傳統中尋找自我的歷史使命，如江河在《太陽和他的反光》組詩的序言中所言：「任何民族都有自己的神話，自己心理建構的原型。作為生命隱秘的啟示，以點石生輝。神話並不是提供藍圖，他把精靈傳遞到一代又一代的手指上，實現遠古夢想。」[12]整首詩歌以主謂結構為主，句式很少變化，詩人以陳述句完成每一個詩行，從語法結構層面回到傳統的古老根蒂。文化歷史的框架，在語法的第一個層級發生，而定語、狀語和補語都服務於主謂結構，比如「上路的那天，他已經老了／否則他不去追太陽／上路那天他作過祭祀」。三句當中主要以「他已經老了」，「他不去追太陽」和「他作過祭祀」為主要語義表述，在時間上讓主體「他」浮出歷史表層，同時又讓「他」埋葬於歷史，為下一代傳遞生命的火種。而重複「上路的那天」和「上路那天」則作為狀語，回到對《山海經》夸父追日神話的講述，有如「從前有一座山」作為故事敘述的開端，只是通過狀語的重複，重返文化記憶的語言模式。詩篇在單一的陳述句中，以主謂結構為主的語法表現，也還原了「太陽」意象所隱喻的文化根部的統一。另外，主語「他」引領句法結構，所有的動詞粘著在主語上，比如「他已經老

版，第9頁。

[12]　江河：《太陽和他的反光》小序，老木編：《青年詩人談詩》，北京：北京大學五四青年社，1985年版，第26頁。

了」中副詞「已經」表示動作的完成；「他不去追太陽」連謂動作「去」和「追」，表明第二個動作「追」的方向；「他在血中重見光輝」中的「在血中」介詞短語做狀語補充動作，這些語詞以輔助動詞的發生和完成。詩人又運用了使動句「蛇信子尖尖的火苗使他想到童年」以突出動作是在指示和命令中發生的，而把字句「其實他把自己斟滿了遞給太陽」以呈現動作完成的儀式化。最後，詩人重複動態助詞「了」，「可以摸一下了」、「他老了」和「可以離開了」更說明了動作的已然狀態，語言的發生是在歷史化過程中完成的。由此能夠看出，詩人在表現主體「他」時，動詞本身需要藉助於歷史（「了」），並以命令（使動句）的方式去實現，可以說，這是一種對主體的限制。在同聲相求的句式中，詩人的聲音保持平穩的語調，顯得內斂而深沉。可見，原有的價值體系和思維習慣被打破後，必然需要經歷一段艱苦而孤獨的探索時期去積澱個人化的生命體驗。「太陽」本身指向的永恆精神，使得詩人去尋找無限的語言表達方式，但卻又被鉗制在歷史化的過程中，以至於詩人只能回到過去，而不是指向自我的當下體驗，故而缺乏真正意義上的語言爆發力。

三　兼語句式：「太陽，扶著我站起來」

　　海子推崇「意象與詠唱的合一」[13]，在他的詩歌中，「太陽」意象更多以幻象的方式頻繁出現。如他在一九八三寫完初稿、一九八九年三月修改過的詩歌《春天》中，寫到「太陽，你那愚蠢的兒子呢？」[14]又如在一九八七年的《祖國（或以夢為馬）》中，他寫著「我的事業，就是要成為太陽的一生。」[15]海子閱讀了大量的原始古籍，其中包括《山海經》中記載的太陽神故事。同時，海子還在《耶穌轉》、《耶穌在印度》、《聖經》等西方文化書籍中接觸過太陽神的傳說。[16]詩人自詡為「太陽」，它象徵著自由意志和詩歌精神，更預示著集體儀式的死亡和個體生命意識的掙扎，「太陽就是我，一個好動宇宙的勞作者，一個詩人和註定失敗的戰士。」[17]一九八七年，海子醉後寫出的短詩《日出——見於一個無

---

[13]　海子：《日記》，西川編：《海子詩全集》，北京：作家出版社，2009年版，第1028頁。

[14]　海子：《春天》，西川編：《海子詩全集》，北京：作家出版社，2009年版，第529頁。

[15]　海子：《祖國（或以夢為馬）》，西川編：《海子詩全集》，北京：作家出版社，2009年版，第435頁。

[16]　邊建松：《海子詩傳：麥田上的光芒》，南京：江蘇文藝出版社，2010年版，第127頁。

[17]　海子：《動作》，西川編：《海子詩全集》，北京：作家出版社，2010年

比幸福的早晨的日出》，在光的幻象中看到死亡盡頭的光照，正如
車爾尼雪夫斯基所云：「自然界中最迷人的，成為自然界一切美的
精髓的，這是太陽和光明。」[18]「太陽」是萬物生長之源，它象徵
光明普照，如屈原所說，「日安不到，燭龍何照？義和之未揚，
若華何光？」[19]光照是「太陽」意象的基本內涵，與廖亦武的正午
「太陽」不同，與江河的西落之日也不同，海子表達的是黎明初升
的「太陽」，在兼語句「太陽，扶著我站起來」中，詩人緊扣兼語
「我」引領全篇，與「太陽」意象的幻景交相呼應，正如戈麥在
《海子》中所理解的「一切都源於謬誤／而謬誤是成就，是一場影
響深遠的幻景」[20]：

在黑暗的盡頭
太陽，扶著我站起來
我的身體像一個親愛的祖國，血液流遍
我是一個完全幸福的人

版，第1035頁。

[18] [蘇]車爾尼雪夫斯基，辛未艾譯：《現代美學批判》，《車爾尼雪夫斯基論文集》中卷，上海：上海譯文出版社，1979年版，第34頁。

[19] 屈原：《天問》，[宋]朱熹集注：《楚辭集注》，上海：上海古籍出版社，1979年版，第57頁。

[20] 戈麥：《海子》，西渡編：《戈麥詩全編》，上海：上海三聯書店，1999年版，第294頁。

　　我再也不會否認

　　我是一個完全的人我是一個無比幸福的人

　　我全身的黑暗因太陽升起而解除

　　我再也不會否認　　天堂和國家的壯麗景色

　　和她的存在……在黑暗的盡頭！[21]

　　開篇出現的兩句「在─黑暗的─盡頭」和「太陽，─扶著我─站起來」，構成兩種對立的結構，即「黑暗」與「太陽」，「盡頭」與「站起來」，「太陽」擱置於兩句中間，詩人將色調的明暗搭配作為起點，又以絕望的「盡頭」與希望的「站起來」作為終點。語詞的停頓，佔據了不同的空間，正隔離出死亡和生命的界限。在詩人看來，這種分界，是主體性最為強烈的精神回歸，它是徹底而完全的。因此，在以下六句詩行中，都以「我」作為領字，抒情主體連續出現，無限地延伸了語詞本身的力量。這種表達方式，在朦朧詩中並不乏其例，甚至可以說，在聲音表達方面，海子的詩歌與「文革」時代的地下詩歌有著根本的銜接，即通過排比的修辭方式，延長抒情的時間，將個人的情緒表達推向極致。海子的詩隔離出外界的雜音，從身體內部發出聲音，「我的身體像一個

---

[21]　海子：《日出》，西川編：《海子詩全集》，北京：作家出版社，2009年版，第356頁。

親愛的祖國，血液流遍」。這裡「像一個親愛的祖國」處於附屬地
位，它位於語法結構的次級，出現在「我的身體」之外。詩句中修
飾語後置，語義重心轉移使得發音變得相對輕快，所有的外力都指
向「我的身體」。之後，詩人採用停頓，「血液流遍」一詞再次回
到「我的身體」，而忽略修飾語的存在。在詩人的意識中，「祖
國」作為集體力量，並不能破壞身體的秩序。從這個句式中，也能
夠看出詩人掙扎著從「發現人」到真正意義上「回歸人」。在此意
義上，「我是一個完全幸福的人」，「我再也不否認」，「我是一
個完全的人我是一個無比幸福的人」一次又一次地出現「我」，其
實質更是「我的身體」，以至於我的靈魂。因為只有剝離開外在生
存環境的干擾，透過自然狀態的體驗，才能回到「我」，完全地感
受到痛苦、悲愴、絕望和死亡。這種源發於自我的極端化體驗，是
在社會體制和政治意識形態中無法獲得的。詩歌最後再次提到意象
「太陽」，也只有「太陽」能夠承擔詩人在瀕臨崩潰、碎裂的臨
界點狀態時所產生的精神體驗，「我全身的黑暗因太陽升起而解
除」，詩句使用了因果連接詞語「因⋯⋯而⋯⋯」，語義的重心擱
置於「太陽升起」部分，只有將自我的身體與「太陽」類比時，詩
人才感受到「我全身的黑暗」被「解除」。詩歌在最後部分，語言
跟隨著身體、精神將情感完整地發揮出來。「我再也不會否認　天
堂和國家的壯麗景色」，詩人在「不會否認」處停頓，在停延的過
程中，一切被隔離出的身體和精神的體驗得到了填充，於是，「天

堂」和「國家」才能夠並置，這取決於詩人完全地回到了主體。末
句「和她的存在……在黑暗的盡頭！」，分行的詩句賦予「她」獨
立的空間，詩人使用省略號延宕在想像的語詞中，互入詩人疼痛的
骨髓；使用感嘆號，在語氣上哀嚎驚呼，撕裂的疼痛感充斥著詩人
的情感世界，與「太陽」一起冉冉升起，正如他的《麥地（或遙
遠）》所表達的：

> 幸福不是燈火／幸福不能照亮大地／大地遙遠清澈鐫
> 刻／痛苦／海水的光芒／映照在綠色的糧倉上／魚群撞動
> 　沙漠之上的雪山／天空的刀刃／冰川散開大片羽毛的
> 光／大片的光在河流上空痛苦的飛翔[22]

　　如嵇康在《聲無哀樂論》中所言，「夫內有悲痛之心，則激哀
切之言，言比成詩，聲比成音。雜而詠之，聚而聽之，心動於和
聲，情感於苦言，嗟歎未絕，而泣涕流漣矣。」[23]內心的悲痛激發
出哀傷的語言，語言組織成詩篇，聲音幻化為音樂，在反覆的詠
唱，這種悲痛的情緒便通過詩句顯露了出來。對詩人海子而言，幸

---

[22] 海子：《麥地（或遙遠）》，西川編：《海子詩全集》，北京：作家出版
社，2009年版，第410頁。
[23] 吉聯抗譯注：《嵇康‧聲無哀樂論》，北京：人民音樂出版社，1964年
版，第13頁。

福隱藏了人類情感的黑暗，而黑暗卻在某種意義上恢復了一個完整
的人的精神世界。詩人海子誕生於悲苦的大地，他痛楚的聲線，與
「太陽」同時升起於黑暗的盡頭。沒有黑暗意識的詩人，是缺乏對
自由意志和詩性精神內涵理解的。而海子語詞所表達的極限體驗，
無疑為理解人類精神增添了一種通往無限的知識經驗。詩人所構建
的是脫離於具體環境、條件和複雜關係而僅僅與自我產生聯繫的個
人化情感，類似於吉登斯所說的「脫域」，「所謂脫域，我指的是
社會關係從彼此互動的地域性關聯中，從通過對不確定的時間的無
限穿越而被重構的關聯中『脫離出來』」[24]，這種脫域將抒情主體
隔離出現實的社會秩序，而是試圖構建出自我的精神世界。

結語

　　綜上，文中截取一九八〇年代以來廖亦武的主謂謂語句、江河
的連謂句和海子的兼語句，恰構成了「太陽」意象從高照、隕落直
至升起的運動過程。這些同聲相求的句式勾連起韻律與抒情結構，
體現出詩人從集體向個人化轉向的聲音痕跡，他們幾乎撕扯著喉嚨
喊出一個歷史時代最後的詩句。自一九九〇年代以後，隨著文化尋

---

[24] [英]安東尼·吉登斯，田禾譯：《現代性的後果》，南京：譯林出版社，
2000年版，第18頁。

根意識的淡化，「太陽」意象也漸漸淡出漢語新詩。在某種意義
上，恰恰說明了詩人藉助於「太陽」意象所要表達的非個人化因素
開始減少。詩人不再追求集體化的聲音表達，而是開始分裂為多元
化的因素。通過分析同聲相求的句式，也正印證了「太陽」意象作
為一種隱喻，更趨近於一種過渡性的時代表徵。

附錄二
從城市詩看破碎無序的辭章

引言

　　與其憂慮漢語新詩的未來，倒不如聆聽正在彼我身旁瘋長的詩語到底為未來提供了哪些資源。回望三〇多年的創作，較為醒目的，當屬城市詩。自一九八〇年起，宋琳、張曉波等四人的詩歌合集《城市人》，葉匡政的《城市書》，梁平的《重慶書》，駱英的《都市流浪者》，楊克的《笨拙的拇指》，五部以城市為書寫對象的詩歌相繼問世，昭示出書寫城市已經成為當下漢語新詩不可或缺的創作風尚。這一時期，詩人們不約而同地轉向關注自我，關注城市的傷痕，反思都市物質膨脹所帶來的單面精神向度，因為「大城市人的個性特點所賴以建立的心理基礎是表面和內心印象的接連不斷地迅速變化而引起的精神生活的緊張」[1]。顯然，描述城市外貌並非真正意義上的城市詩，觀照城市心態和城市意識，發覺「物我

---

[1]　[德] G・齊美爾著，涯鴻、宇聲譯：《橋及闇 —— 齊美爾隨筆集》，上海：上海三聯書店，1991年版，第259頁。

關係變化中城市人心態的外射」[2]，才是根本。對詩人而言，大抵
進入城市，都難以脫離聲音，因為「歷來中國文人非常重視朗誦
與高吟，就是想從聲音之間，去求得文章的氣貌與神味的」[3]。不
再拘泥於平仄、押韻、對仗和字數的漢語新詩，頗重視「內部的
組織——層次、條理、排比、章法、句法——乃是音節的重要的
方法」[4]，這一內部的組織所產生的音樂性，顯現出詩人的情緒跳
躍。同樣，詩人所要喚起的城市記憶，活躍在大腦皮層，反覆出現
並被重新創造。歷史與現在、具體與抽象、意識與無意識等湧入城
市，以混亂、錯位和無序的碎片形式存在，打破連續和整齊的邏輯
中心結構，對外部世界作出隨意性、任意性和破碎性的反應。基於
此，本文以顧城的《鬼進城》、《城》，宋琳的《外灘之吻》以及
陳東東的《外灘》為例，主要探討城市詩投射出的破碎無序的聲音
特徵與抒情結構。

---

[2]　周佩紅：《城市詩發展走向漫議》，《文學自由談》，1987年第6期，第
　　21頁。

[3]　錢谷融：《論節奏》，《錢谷融論文學》，上海：華東師範大學出版社，
　　2008年版，第30-31頁。

[4]　胡適：《談新詩.中國新文學大系・建設理論集》，上海：上海良友圖書印
　　刷公司，1935年版，第306頁。

一　跳：「鬼只在跳臺上栽跟鬥」

　　「城」意象是探討顧城詩歌最為重要的一環，而「跳」又是詩
人書寫「城」意象時表現出的聲音特質，指的是辭章結構的安排契
合了詩人碎裂又重組的記憶。探討顧城詩歌中這種「跳」的聲音特
質，與詩人的個人生活經驗不無關係。一九八七年顧城出訪歐美國
家進行文化交流，一九八八年又接受了紐西蘭奧克蘭大學亞語系的
聘請。直到一九九○年，顧城終於辭去奧克蘭大學的工作隱居激
流島。此階段，詩人強化了他意識中的「城」意象，詩篇《中關
村》、《胃兒胡同》、《故宮》、《月壇北街》等出現的北京城，
是一處他想回去，但卻回不去的夢境。顧城出國後生活方式所發生
的變化，使得他常常在現實與虛構之間模糊了自我的界限，他在努
力為自己「修一個城，把世界關在外邊」。一九九二年顧城獲德國
學術交流中心（DAAD）創作年金，一九九三年又獲德國伯爾創作
基金，留在德國寫作。詩人說過，「行到德國，像是小時的北京。
有雪，也有幹了的樹枝在風中晃動，我恍惚覺得沿著窗下的街走下
去就回家了，可以看見西直門，那黃昏淒涼的光芒照著堞垛和甕城
巨大的剪影，直泅開來。」[5]顧城習慣於把過去帶入到現在，使得

5　顧城：《城》，顧工：《顧城詩全編》，上海：上海三聯書店，1995年

記憶不僅僅是記憶,而更是當下。北京城的印象,與德國的街道相重疊,詩人在陌生的環境中尋找到了似曾相識的痕跡。唯靈詩人顧城的詩萌生於記憶的最底層,在潛意識區域內,神祕的觀念和體驗喚醒了詩人的耳朵,將其帶入一片超驗的空間。詩人顧城似乎聽到了主體精神與客觀存在之間的對話,聽到了現實環境與理想世界的呼應。因此,這種超驗感,可以稱之為「過渡的物件」或者「過渡的現象」,用來「在主要的創造性活動與物件的投射之間建立經驗性的仲介地帶」[6],它是主體與客體之外存在著第三個空間,一方面,通過想像最大限度地彌合感性、知覺與語言的鴻溝;另一方面,則使詩人不自覺地進入錯移倒置的狀態,而由此更激發了顧城從生命走向死亡的幻覺。因為潛意識的重新組合,使得碎片化的記憶產生美感體驗;但空蕩的異域街景一旦進入飄渺模糊、觸不可及的記憶,就會使詩人陷入恐懼的心理暗示。詩人在柏林體會到的返鄉經驗與死亡的恐懼意識銜接融合,形成「鬼進城」的狀態。這種生與死的悖謬,將顧城撕扯在兩極的恐懼中,「每個人在這個世界上生活都有大的恐懼,因為有一個觀念上的『我』。當我進入『無

版,第856頁。

[6] D.W.Winnicott : *Playing and Reality*, New York : Tavistock, 1989, p.2. "I have introduced the terms 'transitional phenomena' for designation of intermediate area of experience ......, between primary creative activity and projection of what has already been introjected."

我』之境的時候，這些恐懼就消失了。不過我還有一點兒對美的恐懼。」[7]因此，詩人在返鄉意識中，結合了美感與恐懼感，如鬼畫符一般創作了《清明時節》：

鬼不想仰泳
　　　　　佈告
鬼不想走路摔跟頭
　　　　　　佈告
鬼不變人　佈告之七　　鬼
　　　　　　　彈琴　　散心
鬼　　　　　　　　　　鬼
　無信無義　　寫信　　開燈
　無愛無恨　　　　眼
鬼　　　　　　　　一
　　　　　　　　　睜
　沒爹　沒媽
　沒子　沒孫
鬼

7　張穗子：《無目的的我 —— 顧城訪談錄》，顧工：《顧城詩全編》，上海：上海三聯書店，1995年版，第5頁。

　　不死　　不活　　　不瘋
　　不傻　　　　　　剛剛下過的雨
　　　　　　被他裝到碗裡一看
　　　　　　就知道是眨過的眼睛
鬼潛泳
　　　　　　濕漉漉的
結論
　　鬼只在跳臺上栽跟鬥[8]

　　　　　　　　　　　　（《鬼進城清明時節》）

　　如黑格爾所認為的，記憶本身就是已經死亡的回憶的經驗外
殼。故而死亡是記憶的最好詮釋，因為死亡意味著記憶的凍結和枯
萎，將原本鮮活的記憶以物質形式的方式留存。「城」在顧城筆
下，正是一種死亡的回憶。而記憶和空間在顧城的「城」意象中存
在著牢不可破的關係，「記憶形式的核心由圖像（以簡明扼要的圖
像公式對記憶內容進行編纂）和場所（在一個具有某種結構的空間
內，把這些圖像安排在特定的地點）構成」[9]。詩歌《清明時節》

8　顧城：《鬼進城》，顧工：《顧城詩全編》，上海：上海三聯書店，1995
　　年版，第849頁。
9　[德]阿斯特莉特‧埃爾著，余傳玲等譯：《文化記憶理論讀本》，北京大學
　　出版社，2012年版，第257頁。

融合了死亡與美的雙重體驗，在跳躍性的建築空間內，瓦解了語言
文字的連貫性。博伊姆在《懷舊的未來》中述及：「失去家園和在
國外的家園常常顯得是鬧鬼的。修復型的懷舊者不承認曾一度是家
園之物的離奇和令人恐懼的方面。反思型的懷舊者則在所到之處
都能看出家園的不完美的鏡中形象，而且努力跟幽靈與鬼魂住在
一起」[10]。顧城在德國尋找著家鄉的鏡像，不免產生一種恐懼的體
驗，主要表現在「鬼」形象中。「鬼」的形象出沒在領字或者詩行
的中間位置，詩篇從勻速、加速再到減速，整幅圖畫呈現出鬼跳動
的痕跡。「鬼」作為幽靈、亡靈、亡魂的載體形式，在詩篇當中存
在兩種聲音：一種是本該有的鬼狀態，它是被命名或者定型化的；
另一種則是「鬼」的理想狀態，它又是超越現實的。顯然，顧城想
要保留的是後者，讓失去生命的個體重新復活，而拼貼出「靈」跳
動的動作痕跡。詩人連用三個「不想」，成階梯狀，以顛覆「鬼」
被賦予的傳統消極意義，重新為其賦形。因此「鬼」不再是陰暗、
晦氣的亡身，而被顧城描述為精靈一般的生命體，它在交錯路口，
成十字形跳躍，「彈琴」、「散心」、「寫信」、「開燈」，在光
照中，獲得自足的生命空間。然而，「鬼」的靈動性，更在於它超
越出凡俗的愛恨信義觀念。脫離了欲念的捆綁，它不但「不死」、

[10] [美]斯維特蘭娜·博伊姆著，楊德友譯：《懷舊的未來》，譯林出版社，
2010年版，第280頁。

「不活」、「不瘋」、「不傻」，反而可觸可感，與自然的靈動心有感應，單獨在自己繪製的格子中自由地跳躍。結尾處「鬼只在跳臺上栽跟鬥」，與開頭「鬼不想走路捧跟頭」相呼應，讓躍動的「鬼」自然地獲得生命的愉悅或者疼痛。

　　顧城在一九九三年創作的組詩《城》（五十四首），則以更為直接的圖像方式，跳躍著抵近北京城。看似已經遙遠的故鄉重新復甦，詩人將自己幻化入圖像結構，穿過城門胡同、走過故宮地壇，在他生命的最後，以詩的形式返回故鄉。後期創作中，顧城試圖以破壞性的聲音打破詩篇結構的穩固性，但這種破壞又幾乎等同於建構，他提到，「不斷地有這種聲音到一個畫面裡去，這個畫面就破壞了，產生新的聲音。」[11]因此，顧城聽到「城」的召喚時，有意識地以「跳」的動作介入其中，不規則的形式結構，打破詩句的平衡感，消解固有的北京城框架，拼貼出一幅詩人在「城」中跳動的破碎圖景。顧城採用跳躍性的拼貼結構，而「拼貼的要點就在於不相似的事物被粘在一起，在最佳狀況下，創造出一個新現實。」[12]此處以《中關村》為例：

11　顧城：《顧城文選卷一別有天地》，哈爾濱：北方文藝出版社，2005年版，第36頁。

12　[美]唐納德·巴塞爾姆著，周榮勝等譯：《白雪公主》，哈爾濱：哈爾濱出版社，1994年版，第332頁。

　　　找到鑰匙的時候　　　寫書

　　　到五十二頁五樓　　　看

　　　　　　　　　　　　科學畫報

　　挖一杓水果

　　　　　　看滔滔大海

　　　冰上櫥櫃

　（我只好認為你是偷的）

開

門　　　倒　倒倒　　　　　倒

　　　　　　　　　倒

　　車向上走　　去把文件支好

　　　　自　　　修

　　　　行　　　彎

　　　　車　　　了

　　　　修　　　的　　號碼不對

　　　　理　　　鋁

　　　　商　　　鑰

　　　　店　　　匙

你最小[13]

（《城中關村》）

　　過去的城市已經死亡，但顧城以創造性的拼貼方式，讓其重新
復活。在詩篇《中關村》中，幾乎尋找不到詩人的表達意圖。但詩
人以圖像的方式結構全篇，又為閱讀這首詩歌提供了路徑。詩人寫
到「找到鑰匙的時候寫書」、「到五十二頁五樓看／科學畫報」，
「去把文件支好」，將「城」意象隱喻於文字記憶中，「如果說文
本的無限性建立在閱讀的不可終結性基礎之上，那麼記憶的無限性
則建立在它本身的可變性和不可支配性的基礎上」[14]。文字與記憶
的類比，凸顯出城市如同博爾赫斯的「沙之書」，是一本沒有起始
頁的書籍，書的第一頁埋葬於記憶，只有以文字的方式，才能保留
住持久的記憶。因此，在詩人顧城看來，只有「找到鑰匙的時候」
去「寫書」，才能回到已經死去的記憶，重新創造新的記憶。詩歌
開篇先橫向排列，由線性的方式展開，但在構型上呈階梯式，在閱
讀的過程中，由動詞「寫」、「看」、「開」，將語音的重心後
移，造成層層遞進的音樂效果。詩歌後半部由「倒車」的動作翻轉

---

[13]　顧城：《城》，顧工編：《顧工詩全編》，上海：上海三聯書店，1995年
　　　版，第871頁。

[14]　[德]阿斯特莉特·埃爾著，余傳玲等譯：《文化記憶理論讀本》，北京：北
　　　京大學出版社，2012年版，第161頁。

詩歌的結構模式，從圖形的建築構造能夠看出「城」意象的空間隱喻，時間的觀念被轉化為空間的體驗。在詩歌縱向排列處，呈現出一座高層建築的形狀，詩人採用反邏輯的語言，文字的密度從疏散到密集、再到疏散，閱讀秩序被打亂，拼貼出詩人記憶空間的混亂和錯位。儘管整首詩歌很難與中關村產生聯繫，甚至像是詩人的囈語，但顧城說過：「我站在一個地方，看，就忽然什麼都想不起來了，只有模糊而不知怎麼留下來的心情還在。」[15]中關村已經失去了原初的模樣，以模糊的形象儲存在詩人的情感世界中。「顯然，顧城仍在嘗試著一種自發性和自由聯想的詩學。然而，與他早期詩歌的自由聯想不同，在視覺上缺乏連接雜亂脫節的語詞和意象的邏輯關係，顯得非常任意和獨特的」[16]，這種任意和獨特已經遠遠超出了視覺體驗，而是通過破碎無序的辭章，為整首詩歌既保留了中關村樓層的階梯狀，又將個人的印象疊加在建築之上，展現了個人經驗的記憶拼貼。

---

[15] 顧城：《顧城散文選集》，天津：百花文藝出版社，1993年版，第246頁。

[16] Yibin Huang.*The Ghost Enters the City : Gu Cheng's Metamorphosis in the 「New World」*.Christopher Lupke : *New Perspectives on Contemporary Chinese Poetry*[M], New York : Palgrve Macmillan.2008, p132-133.

二　搖：「似乎要搖出盼望的結論」

　　從鄉土走向城市的詩人，更是感到現實生存環境的疏離和陌生，其創作往往重視詞與詞的關聯，通過不穩定的節奏感帶給讀者「搖」的聲音特質，以暗合詩人漂泊不定、失落徘徊的情感心理。在福建省南部鄉村長大的宋琳，一九七九年來到上海華東師範大學求學，在城市面前，傳統的鄉土意識開始發生遷移，這使詩人越發感覺到心靈的失落和漂泊。宋琳的作品《十年之約》中，語詞「糜爛」、「時髦」、「謠言四起」構成消費時代都市的內核，城市在一片喧嚷聲中失去了人們所追求的真實感，「城市，這個用無機物堆積起來的空間，為那些卑微的生命提供了一項新的身分：或者說，城市是一種機遇，一種生命的可能性，一個功利性願望的龐大物件，它不僅提供各物，而且提供能夠安撫肉體的所有觸手。城市是一個功利性民主的營地」[17]。出走、回望與厭棄形成了宋琳筆下「城」意象的連貫性，詩人將懷舊的情感包裹在記憶與憂傷中，回環往復地確認那個流浪又駐足的自我。宋琳沒有直接使用「城」意象，但是他的作品中出現大量與城市有關的標誌性意象，對於理解

---

[17]　朱大可：《懶慵的自由——宋琳及其詩論》，《當代作家評論》，1988年第3期，第18頁。

詩人的漂泊心態起到重要的作用。他的作品《外灘之吻》頗具代表性，詩歌將上海的「外灘」作為主要意象，藉助「江」、「船」、「煤」、「霧」等輔助意象，通過變換語詞的位置，在分行、停頓和語音方面，造成碎裂、搖擺的音樂效果：

> 我們沿著江邊走，人群，灰色的
> 人群，江上的霧是紅色的
> 飄來鐵銹的氣味，兩艘巨輪
> 擦身而過時我們叫出聲來
> 不易覺察的斷裂總是從水下開始
> 那個三角洲因一艘沉船而出現
> 發生了多少事！多少祕密的回流
> 動作，刀光劍影，都埋在沙下了
> 或許還有歌女的笑吧
> 如今遊人進進出出
> 那片草地彷彿從天邊飛來
> 你搖著我，似乎要搖出盼望的結論
> 但沒有結論，你看，勒石可以替換
> 水上的夕陽卻來自同一個海
> 生活，閃亮的，可信賴的煤
> 移動著，越過霧中的洶湧

我們依舊得靠它過冬[18]

（《外灘之吻》）

　　艾略特說過：「一個詞的音樂性存在於某個交錯點上：它首先產生於這個詞同前後緊接著的詞的聯繫，以及同上下文中其他詞的不確定的聯繫中；它還產生於另外一種聯繫中，即這個詞在這一上下文中的直接含義同它在其他上下文中的其他含義，以及同它或大或小的關聯力的聯繫中。」[19]組詩《外灘之吻》的節奏始終是流動的，甚至搖動著被推進，這種搖動的感覺產生於詞與詞的聯繫中。詩歌的開篇處「我們沿著江邊走，人群，灰色的／人群，江上的霧是紅色的」，「人群」出現在首句的中間和第二句的開端，「我們」被包圍在不同位置出現的語詞「人群」中。擁擠的城市環境，也透過語音的反覆得以呈現，這種搖動的感覺，正契合了海上文化的特點，一者指那些捉摸不定、光怪陸離的西洋文化、文學，起初都是由上海碼頭流入內地；二者則針對大陸根深蒂固的本土文化而言，海上文化就像是一種無根的漂浮物一般，游離不定。[20]詩句「我們沿著江邊走」和「江上的霧是紅色的」，反覆從不同的

18　宋琳：《門廳》，太原：北嶽文藝出版社，2000年版，第164頁。

19　[美]T. S. 艾略特著，王恩衷編譯：《艾略特詩學文集》，北京：國際文化出版公司，1989年版，第181頁。

20　楊揚：《海派文學與地緣文化》，《社會科學》，2007年第7期，第178頁。

方位停頓於「江」意象，主體「我們」的路徑和視角也緊跟著發生
挪移，造成晃動的閱讀體驗。「灰色的」和「紅色的」，又在顏色
上重複同樣的語詞結構，後置於兩句的末端處並置排列，但「灰色
的」是孤立的，而「紅色的」卻附著於「江上的霧」，差異的產生
正回應了詩人心理世界中的兩種不同格局，即城市環境和心理空
間。正如詩句「你搖著我，似乎要搖出盼望的結論／但沒有結論，
你看，勒石可以替換」提到的「搖」，不安定的城市環境推動詩人
在「現實」與「想像」的縫隙中尋找著「結論」，其中語詞「結
論」同樣被擱置在不同的位置反覆出現，表明詩人迷茫的心緒。
由此句分割出的前後部分，突出了心理空間與城市環境的隔膜。
「把一首詩同別的詩聯繫起來從而有助於我們把文學的經驗統一
為一個整體」[21]。人群中的「搖」，在詩人肖開愚的《北站》中也
同樣出現過，短句組織成篇，通過逗號、句號的停頓隔離開語詞的
空間距離，顯現出主體「我」始終在晃動著行走，「我感到我是一
群人／但是他們聚成了一堆恐懼。我上公車，／車就搖晃。進一個
酒吧，裡面停電。我只好步行／去虹口、外灘、廣場，繞道回家。
／我感到我的腳裡有另外一雙腳。」[22]洪子誠曾在《中國當代文學

---

[21] [加]諾斯羅普・弗萊著，陳慧、袁憲軍等譯：《批評的解剖》，天津：百花
    文藝出版社，2006年版，第98頁。
[22] 蕭開愚：《北站》，《蕭開愚的詩》，北京：人民文學出版社，2004年
    版，第98頁。

史》中提到「海上」詩人的特點，「他們的詩更趨於個體生命與生
存環境所發生的衝撞與矛盾。詩人們的孤獨感，源自生活在上海這
個東方大城市『無根』的，紛亂的狀態所帶來的精神焦慮，他們試
圖用詩歌『恢復人的魅力』。他們的詩作常常稍帶有現代野性式的
『知性色彩』，『焦慮、絕望、幽默、無奈、反諷的交替運作，使
這些詩得以擺脫烏托邦式的遠景，而以反抗個人這一基本圖像豎
立』」[23]。事實上，城市作為一種符號，它承載的是與之相匹配的
文化內涵，現代化、西方化、資本主義填充進城市的所有空隙，而
情欲、身體、快感、金錢等也成為城市符號的代名詞，如此越演越
烈，可謂徹底地摧毀了傳統文化得以延伸的命脈。在以貨幣經濟為
主導、快節奏以及程式化的城市生活中，都市人也養成了追名逐
利、精明世故、冷漠麻木的性格特點。而鄉下人身上那種的淳樸真
城、熱情親和也與城市人構成極大的反差。因此，在齊美爾筆下，
大都會向來是個體身分與社會整體性之間的角逐，詩人們也因此被
置於孤獨的境地。就這點而言，宋琳的《外灘之吻》以「搖」的表
現方式，很好地詮釋了大都市環境所帶來的不安定和孤獨心境。

---

[23]　洪子誠：《中國當代文學史》，北京：北京大學出版社，1999年版，第
306頁。

三　移動：「一側」「到達另一側」

　　本來就置身於城市中的詩人，採用與城市相關的建築或者場景
作為意象書寫城市，注重語詞排列所產生的動態節奏，通過「移
動」的聲音特徵呈現出詩人在面對城市變遷時所產生的迷失的心理
狀態。陳東東善於捕捉場景，「場景，就像意象和詞語，還有事件
和時間，是組成和打開我詩歌的某一層面。」[24]如他的詩歌《我在
上海的失眠症深處》，語詞「舊世紀」、「偽古典」和「古典建
築」的出現，顯現出抒情主體沉浸在末世傷感的情懷中，日漸消瘦
的「愛奧尼石柱」以及被時間的雨水沖洗過的「銀行的金門」在
閃電中瞬間隱現，「無限幽靈充沛著我／一個姑娘裸露出腰／我
愛這死亡澆鑄的劍／我在上海的失眠症深處」[25]，不真實的場景，
「無限幽靈」的重複，強化了詩人被挪移出現實世界而進入夢境。
同樣，《外灘》中出現了幾個重要的上海場景——「花園」、「外
白渡橋」、「城市三角洲」、「紀念塔」、「噴泉」、「青銅石
像」、「海關金頂」、「雙層巴士」、「銀行大廈」——意象的橫

[24] 陳東東、木朵：《陳東東訪談：詩跟內心生活的水準同等高》，《詩選
　　刊》，2003年第10期。
[25] 陳東東：《我在上海的失眠症深處》，《海神的一夜》，北京：改革出版
　　社，1997年版，第123頁。

向鋪展延伸，濃縮了上海的城市印記：

　　　　花園變遷。斑斕的虎皮被人造革
　　　　替換，它有如一座移動碼頭
　　　　別過看慣了江流的臉
　　　　水泥是想像的石頭；而石頭以植物自命
　　　　從馬路一側，它漂離堤壩到達另一側
　　　　不變的或許是外白渡橋
　　　　是鐵橋下那道分界水線
　　　　鷗鳥在邊境拍打翅膀，想要弄清
　　　　這渾濁的陰影是來自吳淞口初升的
　　　　太陽，還是來自可能的魚腹

　　　　城市三角洲迅速泛白
　　　　真正的石頭長成了紀念塔。塔前
　　　　噴泉邊，青銅塑像的四副面容
　　　　朝著四個確定的方向，羅盤在上空
　　　　像不明飛行物指示每一個方向之暈眩

　　　　於是一記鐘點敲響。水光倒映
　　　　雲霓聚合到海關金頂

　　　　從橋上下來的雙層大巴士

　　　　避開瞬間奪目的暗夜

　　　　在銀行大廈的玻璃光芒裡緩緩剎住車[26]

（《外灘》）

　　整首詩歌圍繞第三節末尾出現的「暈眩」展開，而造成這種暈眩感的原因卻是由於都市所發生的劇烈變化，令詩人措手不及，甚至模糊了現實與想像的界限。第一節的第一行出現「變遷」，第二行出現「替換」、「移動」，第三行則將「石頭」的位置從賓語移動至主語，第五行又轉換方位「一側」到「另一側」，透過語詞的換位元、語音的重複變化，突出了詩人身處「外灘」時空倒錯的心理狀態。陳夢家曾經指出，「中國文字是以單音組成的單字，但單字的音調可以別為平仄（或抑揚），所以字句的長度和排列常常是一首詩的節奏的基礎。」[27]《外灘》中，語詞排列形成的字句長度，與詩人的心理節奏高度契合，總體上呈現出移動的音樂感。「外灘」所代表的城市不斷發生著劇烈的變化，甚至產生不知身在何處的心理體驗，即挪威學者諾伯舒茲曾提出「場所淪喪」。所謂的「場所淪喪」，「就一個自然的場所而言是聚落的淪喪，就共

26　陳東東：《解禁書》，北京：作家出版社，2008年版，第59頁。

27　陳夢家：《陳夢家詩全編》，杭州：浙江文藝出版社，1995年版，第227頁。

同生活的場所而言是都市焦點的淪喪。大部分的現代建築置身在『不知何處』；與地景毫不相干，沒有一種連貫性和都市整體感，在一種很難區分出上和下的數學化和科技化的空間中過著它們的生活」。因此，「場所淪喪」的核心在於方向感和認同感的缺失。造成「場所淪喪」的兩個重要原因，一是「都市問題」；二是「與國際樣式有關」。[28]一幕幕場景的出現彌合了公共場所與私人場所之間的裂隙，這些頗具代表性的上海建築更多呈現為飽受歷史沉澱的空間，是詩人在幻想和回憶中發出的私語。詩人嘗試著通過那些不變的場景「外白渡橋」、「分界水線」進行自我定位，但這些外部的場景反而更是讓人「暈眩」。因此，「人為了保持住一點點自我的經驗，不得不日益從『公共』場所縮回『室內』，把『外部世界』還原為『內部世界』。的確，詩人的『漂泊無依的、被價值迷津弄得六神無主』的靈魂只有在這一片由自己布置起來的，充滿了熟悉氣息的回味的空間才能得到片刻的安寧，並庶幾保持住一個自我的形象。」[29]城市作為外部環境的變遷，使得詩人的心理空間隨之動盪，進而依賴於個體生命意識流瀉出的「移動」感，附著於「場所淪喪」佔據了整首詩歌。這不但是身體的放逐，更是精神的

---

[28]　[挪威]諾伯舒茲著，施植明譯：《場所精神——邁向建築現象學》，武漢：華中科技大學出版社，2010年版，第186、189頁。

[29]　陳旭光：《中西詩學的會通——20世紀中國現代主義詩學研究》，北京：北京大學出版社，2002年，第364頁。

流浪，詩歌節奏表現為分散和搖擺，使得語言跟隨著情感失去了根部的統一，顯得破碎、凌亂而無序。這種面對城市變遷所產生的精神流動與游離的心理狀態，恰如楊克的《火車站》，人群的嘈雜與碰撞，令詩人在都市中迷失方向：「當十二種方言的碰撞將正午敲響／十二個闖入者同時丟失了方向／想發財的牧羊漢從北走到南／擠在人群中才知道人的孤單」。[30]

結語

　　一九八〇年代以來，掀起一股城市詩的創作熱潮。城市人的呼吸，牽動著詩的韻律節奏，一方面，考慮到聲音是詩歌之骨髓，另一方面，聲音又被個人化的情感氣韻賦予血肉，故而，筆者截取一九八〇年代以來漢語新詩聲音與抒情結構的一個片段，立足詩人的城市心態，透過觀照流散、鄉土和城市詩人三個視角中的「城」，歸納出顧城的「跳」、宋琳的「搖」和陳東東的「移動」，進而回答了置身城市中的詩人如何處理記憶、現在和未來相互交錯的城市經驗。從這個角度而言，城市的生長、盛開或者凋謝，恰激蕩出由聲音編織出的抒情結構。借用布魯姆的一句話：「詩歌是想像性文

---

[30] 楊克：《火車站》，《笨拙的手指》，太原：北嶽文藝出版社，2000年版，第24頁。

學的桂冠，因為它是一種預言性的形式」[31]，詩人對城市的想像，也如預言一般，顯現出城市與人之間相互滲透、相互隔膜的關係。而散落於筆端的破碎無序的辭章，正是他們蘊藉於情感的一種預言性形式。

[31] [美]哈羅德・布魯姆著，黃燦然譯：《如何讀，為什麼讀》，南京：譯林出版社，2011年版。

跋

　　詩歌的聲音問題由來已久，古書《尚書‧舜典》有云：「詩言志、歌詠言、聲依永、律和聲」。提起現代漢詩的聲音，更是不乏論述者，可謂百年新詩爭論不休的核心論題。五四時期新詩運動蓬勃開展之後，古體詩的音組織（字數、對仗、押韻和平仄）逐漸解體，人們創作新詩也不再依賴於古典對音律的嚴格規定性，評詩也很少考量聲音形式。由此導致漢語新詩良莠不齊、紛繁蕪雜的詩壇亂象，愈來愈成為普通讀者讀詩的屏障；專業的現代詩評論常常陷入西方理論或政治意識形態話語的牢籠，缺乏對於詩歌內部狀況的清醒認知。重提漢語新詩的聲音問題，是詩人和研究者不可回避的現實。漢語新詩創作是集聲音、意象、主題、情感等為一體的高能結構，詩人應該依循呼吸的長短節奏去安排詩行的抑揚頓挫，最後使得詩歌的音節、詩行、詞義和意象等共同形成一篇有意義、有情感的詩章。

　　五位詩人如同京族古老的民間樂器獨弦琴，「獨弦匏琴，以斑竹為之，不加飾，刻木為虺首，張弦無軫，以弦系頂。」既蘊藏著傳統形式又有現代精神，或獨奏、或伴奏、或合奏，一根一弦演繹出迷人的樂章：楊牧沉靜又抽象、陳黎混響出奇妙之音、張棗急切

中含有哀音、陳東東激越而玄思、藍藍由低吟漸趨轟鳴。初讀怦然心動，再讀意猶未盡。他們的語言值得反覆玩味和推敲，仔細品讀，深情裡蘊含悲泣與哲思、遊戲中不乏反諷或莊嚴。當然，筆者也曾討論過楊煉、西川、于堅等詩人的聲音特點，考慮到未形成系統而深入的理解，決定放棄入選本書，部分詩篇的細讀可參見拙著《二〇世紀八〇年代以來漢語新詩的聲音研究》。該著是筆者的博士論文，目前繁體與簡體版已相繼於臺灣花木蘭文化出版公司（二〇一五年）、中國社會科學出版社（二〇一八年）出版，可視為《獨弦琴：詩人的抒情聲音》之姊妹篇。

與詩人們的交往，多見於文字間。楊牧先生曾逐字逐句修改我們的訪談稿《「文字是我們的信仰」：訪談詩人楊牧》，又寫信討論拙作《靜佇、永在與浮升──楊牧詩歌中聲音與意象的三種關係》，還贈有《花季》、《楊牧詩集》、《介殼蟲》、《時光命題》、《奇萊前後書》等書籍。去年，參加太平洋國際詩歌節，再一次由曾珍珍老師帶我走進楊牧書房，仍念茲在茲，懷念每一次相聚的時光，彷彿回到了潮濕的西雅圖（二〇一二楊牧訪談）、起風的臺北（二〇一四「向楊牧致敬」）和蒙霧的花蓮（二〇一五「楊牧文學研討會」）。翻出幾年前摘抄陳東東詩歌的筆記本，從圈點的筆跡裡，依稀還追尋得到讀詩感受、思考的線索。那個夏日，獨自在房間席地而坐、默讀抄詩，與「戶外浩大的太陽」和屋內「清涼的蘆席」的時空情感之契合，至今難忘。此外，關於顧城、陳

黎、張棗、海子、藍藍等詩人的作品的理解，也較多融合了筆者對藝術、人生的些許感悟。筆者不成熟的評論文章，多出自於個人無功利的審美判斷，可視為對過去閱讀時光的紀念，也可看作與趣味相投的讀者的交流，就像莎翁《十四行》所言：

> 哦，請用眼聽愛的智慧發出的清響，
> 請學會去解讀沉默之愛寫下的詩章。

　　本書按照編排順序，含導言、正文和附錄在內，八篇文稿曾分別發表於《揚子江評論》、臺灣《清華學報》、《華文文學》、《南京理工大學學報》、《江漢大學學報》、《新文學評論》、《廣西民族師範學院學報》和《兩岸詩》諸刊。感謝鄭毓瑜、陳義芝、劉正忠（唐捐）、張松建、米佳燕等教授提出建議，承蒙各大刊物編輯的悉心校對。該著為「上海文化發展基金會」資助項目、「上海市高峰高原學科」（上海戲劇學院藝術學理論）建設成果，在此特別感謝奚密、楊揚、郜元寶、張松建教授撥冗作序推薦，也感謝秀威出版社及其編輯陳慈蓉、徐佑驊等老師的傾力相助，才使得文稿得以順利出版。
　　謹以此書獻給我的家人和熱愛詩歌的讀者們。

瞿月琴

二〇一八年二月，上海

秀威經典　　　　　　　　　　　　　　　　　新視野49　PG2018

獨弦琴：
詩人的抒情聲音

作　　　者／翟月琴
責任編輯／陳慈蓉
圖文排版／周妤靜
封面設計／楊廣榕

出版策劃／秀威經典
發 行 人／宋政坤
法律顧問／毛國樑　律師
印製發行／秀威資訊科技股份有限公司
　　　　　114台北市內湖區瑞光路76巷65號1樓
　　　　　電話：+886-2-2796-3638　傳真：+886-2-2796-1377
　　　　　http://www.showwe.com.tw
劃撥帳號／19563868　戶名：秀威資訊科技股份有限公司
　　　　　讀者服務信箱：service@showwe.com.tw
展售門市／國家書店（松江門市）
　　　　　104台北市中山區松江路209號1樓
　　　　　電話：+886-2-2518-0207　傳真：+886-2-2518-0778
網路訂購／秀威網路書店：https://store.showwe.tw
　　　　　國家網路書店：https://www.govbooks.com.tw

2018年4月　BOD一版
定價：270元
版權所有　翻印必究
本書如有缺頁、破損或裝訂錯誤，請寄回更換
本書為上海文化發展基金會資助項目、上海市高峰高原學科（上海戲劇學院
藝術學理論）建設成果

國家圖書館出版品預行編目

獨弦琴：詩人的抒情聲音 / 翟月琴作. -- 一版.
-- 臺北市：秀威經典, 2018.04
  面；　公分. -- (新視野；49)
BOD版
ISBN 978-986-95667-9-7(平裝)

1. 新詩　2. 詩評

820.9108　　　　　　　　　107001823

讀者回函卡

感謝您購買本書，為提升服務品質，請填妥以下資料，將讀者回函卡直接寄回或傳真本公司，收到您的寶貴意見後，我們會收藏記錄及檢討，謝謝！
如您需要了解本公司最新出版書目、購書優惠或企劃活動，歡迎您上網查詢或下載相關資料：http:// www.showwe.com.tw

您購買的書名：＿＿＿＿＿＿＿＿＿＿＿＿＿＿＿＿＿＿＿＿＿＿＿＿＿

出生日期：＿＿＿＿＿年＿＿＿＿＿月＿＿＿＿＿日

學歷：□高中 (含) 以下　　□大專　　□研究所 (含) 以上

職業：□製造業　□金融業　□資訊業　□軍警　□傳播業　□自由業
　　　□服務業　□公務員　□教職　　□學生　□家管　□其它＿＿＿＿

購書地點：□網路書店　□實體書店　□書展　□郵購　□贈閱　□其他

您從何得知本書的消息？

　□網路書店　□實體書店　□網路搜尋　□電子報　□書訊　□雜誌

　□傳播媒體　□親友推薦　□網站推薦　□部落格　□其他＿＿＿＿＿＿

您對本書的評價：（請填代號　1.非常滿意　2.滿意　3.尚可　4.再改進）

　封面設計＿＿＿　版面編排＿＿＿　內容＿＿＿　文／譯筆＿＿＿　價格＿＿＿

讀完書後您覺得：

　□很有收穫　□有收穫　□收穫不多　□沒收穫

對我們的建議：＿＿＿＿＿＿＿＿＿＿＿＿＿＿＿＿＿＿＿＿＿＿＿＿＿

＿＿＿＿＿＿＿＿＿＿＿＿＿＿＿＿＿＿＿＿＿＿＿＿＿＿＿＿＿＿＿＿＿

＿＿＿＿＿＿＿＿＿＿＿＿＿＿＿＿＿＿＿＿＿＿＿＿＿＿＿＿＿＿＿＿＿

＿＿＿＿＿＿＿＿＿＿＿＿＿＿＿＿＿＿＿＿＿＿＿＿＿＿＿＿＿＿＿＿＿

11466
台北市內湖區瑞光路 76 巷 65 號 1 樓

秀威資訊科技股份有限公司　　　收

BOD 數位出版事業部

....

（請沿線對折寄回，謝謝！）

姓　　名：_____　年齡：_____　性別：□女　□男

郵遞區號：□□□□□

地　　址：_____

聯絡電話：(日) _____　(夜) _____

E-mail：_____